我们
这一代

WOMEN ZHE YI DAI

马兵 —————— 主编

山东文艺出版社

图书在版编目（CIP）数据

我们这一代 / 马兵主编 . —济南：山东文艺出版社，2020.3
ISBN 978-7-5329-6068-2

Ⅰ . ①我… Ⅱ . ①马… Ⅲ . ①短篇小说—小说集—中国—当代 Ⅳ . ① I247.7

中国版本图书馆 CIP 数据核字 (2020) 第 021365 号

我们这一代

马 兵　主编

主管单位	山东出版传媒股份有限公司
出版发行	山东文艺出版社
社　　址	山东省济南市英雄山路 189 号
邮　　编	250002
网　　址	www.sdwypress.com
读者服务	0531-82098776（总编室）
	0531-82098775（市场营销部）
电子邮箱	sdwy@sdpress.com.cn
印　　刷	山东新华印务有限责任公司
开　　本	850mm × 1230mm　1/32
印　　张	7.75
字　　数	150 千
版　　次	2020 年 3 月第 1 版
印　　次	2020 年 3 月第 1 次印刷
书　　号	ISBN 978-7-5329-6068-2
定　　价	42.00 元

版权专有，侵权必究。如有图书质量问题，请与出版社联系调换。

锋芒文丛·序

不知不觉，新世纪文学已经走过了20个年头。遥想百年之前，"五四"新文学正攻城略地，以确定富有现代性内质的文学样态的合法性。其时的新文学"如初春，如朝日，如百卉之萌动，如利刃之新发于硎"，锋芒所向，旧文学几难以布阵。百年倏忽而过，今日的中国当代文学虽然完成了初步的经典化，但相比于漫长渊深的古典文学而言，依然还在成长的旅途中，依然时时迸溅热情炫目的青春之光，依然有着属于这个时代的凛冽和耀眼的锋芒。为了全面呈现当下中青年小说家的创作实绩，向海内外介绍中国当下小说的多元与活力，我们特编选《锋芒文丛》，共分6辑，精选60后到90后40余位优秀小说家的中短篇小说，以飨读者。

我们的编选遵从如下几条原则：其一，虚构与想象的激情。在"非虚构"所带来的压力的反激之下，虚构的热情和信心其实又被暗暗激活。其实，就对生活的塑造和映照而言，虚构的力量未必比非虚构标榜的真实、客观在强度上就要差多少，关键是小说家如何借由虚构在更大的意义上完成对时代的总括或者提炼。好的小说家可以凭借不凡的体验、洞察、叙事和想象力，深度介入并阐释我们这个日新月异的时代，在全球化的语境中呈现中国本土文学的叙事智慧,致力于现代汉语的美学实践。

其二,叙事的智性和生长性。对于今天的小说家而言,一个足够好的故事通常不再意味着跌宕起伏的情节和有饱满性格的人物,而是为开放性的阐释提供足够的发展空间与无限可能。因此,我们收录的作品,即便小说家擅长操纵故事,吸引读者,也不会再去展示一种无缝隙的闭环的叙述,因为这种叙事仅仅是对听故事的人已经知道的东西进行了强化,今天的好故事要提供一种生长性。

其三,"属己"与"属世"的平衡。一个好的小说家理应是一个既具有"在地性"的关怀视野又能在更大的文化层面中反思"在地性"写作问题的写作者。那如何处理"在地性"与更广阔的时代经验的平衡?有的作家通过写本土故事寓言化地折射,有的作家通过返乡的叙述模式制造"在地"与"他乡"的互动,有的作家通过异乡人冷冷观照全人类,有的作家通过超验与彼岸看经验与此岸。在我们提供的小说中,小说家处理的是自己和自己的遭遇,而指向的往往是恒久的人和我们共在的情境。或者说,这是一种阿甘本意义上的"同时代性","这种关系既依附于时代,同时又与它保持距离"。

期待《锋芒文丛》的"锋芒"能劈开生活沉滞的暗角,让我们共同感受属于文学的锐利!

马 兵

目　录

李　浩《跌落在我们村庄的神仙》　001
弋　舟《随园》　016
张　楚《中年妇女恋爱史》　045
马小淘《失重》　079
郑小驴《赞美诗》　109
大头马《谋杀电视机》　129
王苏辛《白夜照相馆》　216

跌落在我们村庄的神仙

李 浩

我向你声明,我说的都是真的,没有一句假话!
你听我说。

神仙是怎么到我们村里来的?那话可长了。你想想,我那时才二十岁。

那是一个下午,我们在田间收割庄稼。那个下午天气很好,没有一丝的云彩,我们全村的人,只要是行动方便的人,几乎都在,就连赵四、王海林这样的懒汉也在。收割庄稼可是一件累人的活,需要人手的活……好了好了,我说神仙。神仙就是在那天下午跌落到我们村庄里的,确切地说,是落在了村北的一片玉米地里。那块地是刘世林家的。不信你可以去问刘之善，刘世林是他爷爷。那时候还没有刘之善呢，刘之善他爹也就三四岁。

是谁最早发现神仙落下来的？我忘了，这可真的记不清了，那时我正在忙着收割地里的高粱，已经干了一上午了。我的动作都有些僵硬了。突然，我听见有人在我后边喊：看，火球，一个火球！

我抬头抬得晚了，只看到了那个火球的尾巴，它被前面的玉米和高粱给挡住了。我们都抬起头来。他们站了一会儿，就纷纷放下锄头镰刀，朝着火球落下的地方跑去。我没想到有那么多人。他们一边喊着一边朝火球落下的地方跑。

我是个慢性子，又太累了，所以就跑得晚了。等我跑到刘世林家地里的时候，我们村的人差不多都到齐了，男人女人，老人孩子，黑压压一片。我费了很大的劲才挤进去。那个火球烧毁了一大片玉米，在那堆还没完全熄灭的灰烬中，我看见了神仙。

你不要急，听我说。神仙在那里躺着，抱着腿，一副有气无力的样子。神仙？和我们长得差不多，就是他的头发全是红的，手臂也特别粗，特别长。他像一个和我们一样干农活的庄稼人，三十五六岁的样子。你别不信！我说的是真的，如果你跟我们村的老人们打听一下，他们应当还记得。当然他们也可能不告诉你，我也不应当和你说的。

你听我接着说。

那天我们见到了神仙。他的一条腿断了,按他后来的说法是那天他和一个干木匠活的神仙喝酒喝醉了,一出门不小心踩到了雷公丢弃的一个雷上。他看上去很难受,已经站不起来了,当然更无法飞回天上。

我说的是真的。我可不是那种爱吹牛的人,不信你去我们村里打听打听。

我们,将这个受伤的神仙抬进了村庄。让他住哪里呢?有人提出住在他家里,村长不同意。最后,我们将神仙抬到了土地庙里,让他在那里住了下来。我们村里只有一座土地庙,原来据说还有过一座娘娘庙,但早就毁了。这个神仙当然不是土地,但有什么办法?他只好先住到那里了,开始的时候他并没有怨言。

村里的人都很兴奋。我们村里来了个神仙,虽然是一个受伤的神仙。我们给他送去了煮熟的玉米、热热的高粱米粥,以及苹果、栗子和梨。要知道我们都是一些热心人,何况他还是一位神仙呢。

我们天天去看望他。那些日子,我们一张嘴就是神仙如何如何,一闭口仍然是神仙如何如何,干什么都没有心思。那年,村上有一半的庄稼都烂到了地里。对于我们庄稼人来说,这种事可从来没有发生过,我们可舍不得丢粮食。可那年不是神仙来了嘛。

虽然不说,但我们都在想,我们这样照顾神仙,神仙一定会给我们许多的好处,这对他来说是举手之劳,但对我们就大不一样了。我们不这么说,但是都这么想的,特别是刘世林一家人。我听见许多人都说过,看不惯他那高兴劲儿,仿佛神仙跌落在他家地里他就应当多得好处似的,全村的人就得巴结他感激他似的。

神仙在我们的照顾下气色越来越好,似乎也胖了些,只是他的腿没有很快见好。按他的说法,完全恢复得半个月的时间,并且,他是用天上的时间计算的。

村里的人和神仙越来越熟。他都能叫上我们的名字来了。

可我们也发现,他可不是一个好脾气的神仙。他爱阴沉着脸,爱发火。

他叫我们将庙里土地公公的像搬出去砸了。他看着不舒服。在他眼里,土地公公都算不上神仙,根本不值一提。村长找一些老人商量了一下,还是按照他的意思做了,这个神仙在天上,肯定比土地公公的法力大多了,得罪不得。我们费了很大的劲儿才砸碎土地公公的塑像,它的中间本来是空的,可砸开的时候里面竟然流出了暗红的水来。一时间大家都很紧张,但是有这个神仙在,我们没有那么强烈的恐惧。

神仙说想喝酒,我们就给他送去了酒。神仙还说想吃鱼。村长叫我和刘世林刘世森他们去河里抓鱼,那时秋天只剩下一条很小的尾巴,冬天的头早就探出来了,河水凉得像针一样。我们的脸上有了些抱怨,但谁也不敢说出来,村长安慰我们,这是神仙对我们的考验，他肯定会给我们意外的好处的。后来刘世森终于忍不住了，他一边小心翼翼地给神仙盛鱼汤，一边小声说，如果下河时能有一条皮裤就好了，现在河水太凉了。他，和我们几个都偷偷地看着神仙的脸色——但神仙没有脸色，他在专心致志地吃鱼，喝汤。于是，刘世森只得战战兢兢地重说了一遍，他的脸都白了，汗都下来了。这次，神仙终于听到了。他用鼻孔重重地哼了一声，将碗重重地放在了供桌上，然后背过身去。我们的试探只得到此为止，神仙要我们抓鱼，但没有给我们送条皮裤的意思。他也许是怕我们得寸进尺，也许考验还没完。

在完全进入冬天之前，又下了一场大雨，竟然还打了很响的雷。那天晚上，我们都早早地躺下了，熄了灯，躲在被子里，躲在角落里，胆小的人还用棉花塞住了耳朵。这没起什么作用，我们都听见了神仙的叫骂，我们听得清楚，他在骂雷公，骂天气，骂木匠和王母娘娘。雷声越来越响。

那天晚上全村的人大多数一夜未睡，大气都不敢出。神仙不好惹，可雷公一定更不好惹，他既然敢劈断这个神仙的腿就一定比他更厉害，何况，神仙还骂了王母娘娘。像我们这样的人都知道王母的脾气不好，动不动就处罚神仙，骂她能有什么好处？我们不知道，接下来是福是祸，天上的雷公他们会不会因为我们收留神仙而怪罪我们？

也就是我和你说这些。我们村庄里的老人们虽然有的还记得这件事，但他们不会跟你说的。我说的是真的。

天晴后，我们几个年轻力壮的小伙子，在村长的带领下来到庙里。庙门外面，一棵高大的槐树被雷劈开了，烧焦了一半，另一半露着白森森的骨头。有一个素来胆大的年轻人，他悄悄地问村长：雷公会不会把神仙也劈死啊？村长急忙用眼色来制止他，可是已经晚了。他已经问完了。

神仙并没有被雷劈死，他还是老样子，只是浑身都湿透了。他看上去很疲惫，眼睛里布满了血丝，但怒气却没有丝毫减少，指着我们的头问：刚才谁说我让雷公劈死了？你站出来！

那个胆子很大的年轻人回到家里之后就一头倒在了地上。他卧床不起，一直病了三个多月，常常被自己的噩梦吓醒。病好之后他变成了另一个人，一个胆小如鼠的人，他开始怕打雷，怕下雨，怕天黑，怕火怕水怕毛毛虫，怕蛇和老鼠，怕脚步的声音和咳嗽。去年我还见过他，他显得很老，在路上我和他打了个招呼，结果就把他吓得尿湿了裤子。

好了，接着说神仙。

你肯定以为，听神仙讲天上的事儿很有意思吧？那时候我们也都这么想，我们围着他转，都想听他讲天上的事儿，只要是他不发怒不发呆的时候。可是，我们遇到的这个神仙是一个很木讷的神仙，他根本不会讲故事，天上的那些事经他一说，都无聊透了。所以，现在我也记不起他都说了些什么。好像就是干活，打牌，下棋，喝酒，喝酒，打牌，下棋，干活。我当然说的都是真的！我要是骗你，哼，我会讲得天花乱坠，让你目瞪口呆。要知道我在我们村里是有名的故事篓子，但在这件事上我一点假的都不会说。不信？好，我们就拿下棋来说吧，我可以这样讲给你听：一天，神仙有些无聊，就叫白鹳给另一个神仙带信去，叫他来下棋。那个神仙坐着一匹白龙就来了，他的一只脚上穿着鞋，而另一只脚上只有袜子。两个神仙分别坐在两座山头上，打开青玉棋盘，开始下棋。棋盘上，无论是帅、马、卒都是活的，卒子不停地晃动他手里的长枪，如果三步没用他，他就要拿出石头磨一下枪头，或者摘下帽子盘一盘头发。马会在到达指定的位置时发出嘶鸣，用脚敲敲云朵飞腾的棋盘……而一旦哪个棋子被对方吃掉，它就会收拢起来，变成一盘好吃的水果……跌落到我们村庄里的神仙可没跟我们讲这些，他只说，上午，干活。下午，干活，下棋。他就是这样说的，村上的人谁也不敢太放肆地追问他。要知道他可不是一个好脾气的神仙，他越来越爱发火。

他抱怨，高粱米饭很不好吃，总吃这些让他烦透了；他抱怨，这座旧土地庙太旧太矮，而且还透风，漏雨，应当修修了；他抱怨，我们点的灯太少，晚上他自己呆着的时候光线太暗。他太爱抱怨了。

没办法，谁叫我们遇到的是这样一位神仙。我们可不敢惹他，在神仙那里，我们就像一群可有可无的蚂蚁，想让谁的日子不好过，他动一动手指就行了。

村长天天为神仙的一日三餐发愁。他叫村上的年轻人们分成三队，一些人天天去抓鱼，一些人四处去捉野兔，而另外的那些人，则要去更远的地方，看能不能买到我们平原所没有的飞禽和走兽。村长还和大家商议，挑选了几个手巧的女人负责给神仙做饭，裁剪衣服。我那时身强力壮，被分配到捉野兔的队里。我们一共是七个人，领着八只狗，天天在田间和河洼里窜，而能抓到的兔子却越来越少。我们学会了用种种方法识别兔子经过的路径，学会了用网用钩用陷阱，但这些方法并没有让我们有更多的收益，附近几个村的兔子也被我们打绝了。

一天，神仙喝醉了，他向村里的人显示了他的神迹。那天我没在，我出去捉兔子去了，但回来的时候我发现我们村外多了一条黑水河。那条河波涛汹涌，深不见底，丢下一片鸡的羽毛它马上就会沉下去，再也见不到它。那是一条黑水河，无论什么颜色的衣服，只要让那条黑水河一洗，马上就会变成黑色的了，而你再用什么水洗，再用什么颜料来染，都不会有作用，它会一直黑下去。现在那条河还在，只是水浅得多了，颜色也不是黑色的了，但现在还是叫黑水河。这事你得问老人，年轻人不知道。

黑水河，把我们村庄和韩赵、西马店给隔开了，原来我们去韩赵买布，去西马店卖米，也就是三四里的路，一会儿就到了，可有了这条河之后我们就得绕出三四十里。

没办法，神仙做了这么一件事，他喝醉了，我们只能眼睁睁看着。要是问起来，还得说好，好。

也不是说神仙就一无是处。譬如韩叶家三岁的儿子不小心掉进了黑水河，打捞上来时已经变成了一具碳一样黑的尸体。神仙不知用了什么法术，孩子就又活了过来，只是比以前略略地黑些，但身体也强壮多了。神仙还有一个特殊的癖好，就是喜欢打铁，他叫村里的铁匠在距离寺庙不远的地方盖了一间铁匠铺，每次出炉的时候他就叫人把他抬过去，朝着火焰啐上一口，打出的菜刀、镰刀和锄头都锋利无比。我家现在还有一把这样的菜刀。有一次我哥哥用它剁一块骨头，力量用得大了，菜刀穿过骨头、菜板和石礅插进了地里。后来我们挖了两米多深才挖到了这把菜刀。

第二年大旱。村里想用黑水河的水浇地，可是水一点儿都不渗到地下去，它们像凝结的油一样，太阳也晒不干它。我们只得一点点地将黑水舀进水桶，倒回黑水河里。第二年我们的庄稼基本颗粒无收，而兔子、鸡鸭和蛇都被我们抓绝了。村长领着我们去求神仙，很快就被他骂了出来。甚至，他还惩罚了一下我们村长，让他腿上长出了一排黑色的疖子，一挤就流出暗褐色的水来。

村长还得为神仙的一日三餐发愁。至于我们，在夏末的时候就已经改成两餐了，而秋分过后又不得不减少了一顿，吃不饱成了我们的大问题。天上一天地上一年，神仙还要多长时间才能离开啊。现在，刘世林早就不那么趾高气扬了，他在全村人面前就像一只过街的老鼠。

让我们发愁的是，怎么才能让神仙早早地离开我们村庄？

我们给他找来了各种草药，请遍了村村镇镇里的医生，有名的和无名的。我们还找来了道士、僧侣和巫师，但这些都没有作用。一家外地的剧团来到了我们村子，村长将他们留了下来。他请剧团里的演员一遍遍地给神仙演唱《归心似箭》和《思乡曲》，神仙倒是很高兴，但却没有一点思乡的意思，一点也没有。后来，乱投医的村长竟然采用了一个蠢主意，他叫我们收集各种鸟的羽毛，用坚硬的檀木做支架，做成了一双鸟一样的翅膀——他又被神仙骂得狗血喷头，尽管我们早早地躲在了墙的后面，用棉花堵住自己的耳朵，但神仙的咒骂还是清晰地传进了耳朵。他骂村长的时候，我感觉墙都在动，地都在动。

我知道你是聪明人，也是一个正直的人，所以我才肯跟你讲这些。你一定能想得到，村长是怎么从庙里出来的，他会是一副怎么样的表情。

现在想起来，唉，不说这个了，接着说神仙。

事情还远不止这些。

神仙要我们重新给他修建一座庙，那座庙要比原有的土地庙大一倍，高一倍。他还要求每天早晨起来先喝上一碗鸡血，将剧团永远地留下来，下午的时候给他弹唱。他要求我们见他的时候要叩头，只有他叫抬头的时候才能把头抬起来；他在我们中间选择了一些人，让他们收集我们不敬不满的话随时向他告密……

要知道，我们村庄遭遇了大旱，每个人都饿着肚子，给他修建庙宇的工程自然不会太快；要知道，鸡鸭兔蛇啊狗啊鱼啊基本都让我们杀光了，哪来的一天一碗鸡血给他？没办法，我们只好抓阄，抓到¤号的四个人伸出自己的手腕，割开一个小口，将血滴到碗里。神仙似乎没有发现他喝的已经不是鸡血，只是抱怨碗越来越小，而血也越来越稀。

他的火气仍然很大。他叫我们每天早上起来的第一件事就是咒骂雷公，还叫剧团排演杀死雷公为民除害的戏剧。他说，谁骂得最响、骂得最好将会得到好处。虽然我们也怕雷公，但雷公没有落在我们村里，毕竟距离远些，而这个神仙却是实实在在地在这儿。的确，我们都想骂雷公骂得响亮、有特点，但饿着肚子也不敢太耗费力气。我们的火气也越来越大了，打老婆打孩子，但在神仙面前，我们都是温顺的绵羊。

我们发现，刘世森家的女儿刘芳总是一副神神秘秘的样子，一副心事重重的样子，有时偷偷地哭起来，有时莫明其妙地笑起来。后来有人发现了秘密。她每天晚上都偷偷地出门，偷偷地溜到土地庙里去。纸里是包不住火的，刘芳晚上和神仙幽会的事很快就传开了，为此刘世森他们可没少和我们解释，为此，刘芳的母亲父亲没少悄悄地打她骂她，可是天一黑，刘芳就溜出家门，无论门锁得多严，窗关得多紧。

她一定是被神仙施了法术。这不关她的事啊。

天上一天地上一年，神仙得住多长时间才能走啊？这样的日子什么时候才到头呢？

一天早晨，我记得那天天挺冷的，好像还下了雪。我们村上的年轻人都集合了起来，准备抓阄。我就感觉那天不一样，怎么个不一样我也说不清楚，反正不一样。人到齐后，村长叫人关好门，然后咳嗽几声，宣布抓阄开始。又有四个人抓上了带¤号的阄，他们一个个面色苍白地伸出了手。他们的血滴得很慢，比平时都慢。这时我们村长也伸出了手来，刀子划开了他的血管，他的血和那四个人的血一起滴到了碗里。

我说的是真的，那天我早就感觉有些异常了。我们村上的老人们肯定都记得那天早晨的事，就是他耳聋了眼花了把什么事都忘得一塌糊涂，但那天早晨的事他们肯定能想得起来。

村长和我们都不说话，眼睁睁地看着那碗血。后来我们村长叫过刘世银，让他从怀里拿出了一包东西，一层层打开，将里面的粉末倒进了碗里。村长又咳嗽了一阵，他对我们说，那包东西是毒药。他不知道这毒药能不能毒死神仙，有没有作用，但只能豁出去了，这是没办法的办法。他一一地看着我们。随后，他点了两个人的名字，叫他们带上酒，带上这碗掺了毒药的血，和他一起给神仙送去。村长的声音沙哑，有些颤抖。他说，在他们回来之前，谁也不许离开这间屋子半步，只要谁靠近了门或窗口，看守的人可立刻将他打死。

那天早晨挺冷的，好像还下着小雪。村长他们神情严肃地走了，走在最后的那个人忘了关门，风呼呼地刮进来，直接就贴在了胸口上，冷透了。

是的,我们杀死了那个神仙,要不然我就不会在这里和你说话了,就不会和你一起喝酒了。当时他并没有完全死去,于是村长和他带走的两个人拿出锋利无比的刀子,一刀一刀狠狠地刺去。神仙的肉裂开了,裂开的肉还在动。动着动着,两块肉就又粘在了一起,变成了一块。这样不是办法,村长就叫人喊来了我们,我们一刀一刀,红着眼睛,将神仙给剁成了肉末。如果不是他帮铁匠打出了那么锋利的刀子,我们可能还是没办法将他杀死,把他剁碎。

为了防止他复活,我们将他的肉末分到三十几个坛子里,倒入毒药,将口封严;我们在村子的四周挖了十二口深达七米的井,将那些坛子分别放了进去,盖上土、石头和砖头,并压上由五台山请来的符。为了防止神仙的亲戚朋友前来抱复,全村人一起发誓,谁也不许再提和神仙有关的事,就当它从来没有发生过。无论是谁,无论他怎么问,就说"不知道!我没听说过!"

神仙死后,我们村子不是大旱就是大涝,连续几年的收成都不好,村里有二十多个人饿死在家里。开始我们以为是死去的神仙作怪,给他超度烧纸一点用处都没有。后来有人想了起来,神仙来了之后就占了土地庙,还把土地公公的像给打碎了,他老人家一定很生气——于是我们又重新给土地公公塑了一个更高大的像,敲锣打鼓地请进了庙里。还别说,第二年就开始风调雨顺，再也没人饿死。神仙死后，黑水河的河水就慢慢平静了，颜色由黑变红，又慢慢变成了蓝色，河里的水无论洗衣浇地都能用了。

也就是我和你说这些，你问别人也问不出来。我早看出来了，你不是神仙的人，和神仙没有关系，要不然的话我才不会说呢，到死也不说半个字。为什么？我怎么知道？我当然知道，我早观察清楚了。神仙的头发是红色的，他儿子的头发也是红色的，你的头发不是。你骗不了我。我喝再多的酒也清醒得很，不说胡话，更不说假话！

差点忘了说了。神仙死后的第六天，刘芳生了一个儿子，红头发的儿子。那孩子，一生下来就不哭，拼命咬着自己的脚指头，一副怒气冲冲的样子。刘世森吓坏了，刘芳的母亲也吓坏了，全村的人都吓坏了，这个孩子要是长大了还不为他父亲报仇啊？就是不报仇，只让我们像供他父亲那样供着养着，也足够受了。女人们一个个愁眉不展，村长家的门槛都被踢出了一道深沟。孩子一天天长大。我们的担心也一天天加深。

刘芳的母亲劝，刘世森劝，全村的男女老少都去劝说，还使用了威胁利诱，可刘芳就是不听，她坚持要把这个孩子养大。我们只得用别的方法，可别的方法也不起作用，刘芳的心是铁的，是石头的。村长和老人们商议了一下，最后定下来，在孩子周岁的那天，全村的人一人一刀，将她们母子杀死剁碎，装到坛子里埋了。这一刀谁也不许多，但也绝不能少。村长亲自去和刘芳说，但他很快就无精打采地回来了，他说，这个刘芳。

这个刘芳。最后的努力也白费了。

那天,我们带着刀子、菜刀、镰刀,集中到打麦场上。刘芳抱着她的儿子也早早来了,她在给孩子一遍遍喂奶,看也不看我们。约定的时间早就到了,可村长好像犹豫不决,平时他可不是这样的人。他就在场里来回地踱着步子——这时,我们村上的一个青年,牵着一匹枣红色的马走了过来,他将刘芳母子抱到了马背上,然后自己也翻身上马——

本来我们可以轻易截住他们的,但谁也没有过去。村长好像突然恢复了精神,他冲着那匹绝尘而去的马挥动着手臂,大声呼喊着:别再回来!走得越远越好!

我向你声明,我说的,句句都是真的。

李浩,男,1971年生于河北省海兴县。河北师范大学文学院教授。河北省作协副主席。曾先后发表小说、诗歌、文学评论等文字。有作品被各类选刊选载,或被译成英、法、德、日、俄、意、韩文。

著有小说集《谁生来是刺客》《侧面的镜子》《蓝试纸》《将军的部队》《父亲,镜子和树》《变形魔术师》《消失在镜子后面的妻子》,长篇小说《如归旅店》《镜子里的父亲》,评论集《在我头顶的星辰》《阅读颂,虚构颂》,诗集《果壳里的国王》等,共计20余部。

曾获第四届鲁迅文学奖、第十一届庄重文文学奖、第三届蒲松龄文学奖、第九届《人民文学》奖、第九届《十月》文学奖、第一届孙犁文学奖、第一届建安文学奖、第七届《滇池》文学奖、第九、十一、十二届河北文艺振兴奖等。

随 园

弋 舟

当然,他是我的老师,尽管我从来也不觉得在那所师专里能够"教学相长",但曾经在一个神魂颠倒的时刻,他却把脑袋埋在我的怀里,对我说,是我启蒙了他。这句话当时听来,对我就像孤立的山峰和陡峭的奇岩怪石。对,"启蒙"这个词就像那片土地上的丹霞地貌一样,经过长期风化剥离和流水侵蚀,造型奇特,色彩斑斓,而且,气势磅礴。

入校不久我就开始逃课,常常跑到城外的戈壁滩上眺望皑皑雪山。他从未陪我去过。但却是他告诉我的,"戈壁"原来是句蒙古语。他还向我展示过一块白骨,也就一次性打火机那么大,让人难以判断到底出自躯干的哪个部位。白骨可真是白骨，它白极了，两端如同枯木的断茬，这让它看起来就像是从风干的胡杨上掰下来的。他拿这么一块白骨给我看，用来作为不陪我去戈壁滩的说明。他说他父亲就是死在戈壁滩上的，又如实交代：这块骨头并不是他父亲的，是他捡来的。

据说城外戈壁滩的某处，粗沙砾石之间，白骨累累，随处可见。

我专门找过，但这块传说中的弃尸之地，我一直也没找到。我不曾甘心过。有一次干脆在路上顺手掰了一截风干的胡杨木，回去后伸开掌心亮给他瞧。我说，看，白骨。他翻出自己的宝贝，跟我展示给他的放在一起比较。他也不得不承认，它们真的是太像了。后来，这两块东西就分不清彼此了，被我们搞混了。它们都可以被当做一截枯死的胡杨，但不约而同，我和他都倾向于视它们为白骨。我将其中的一块穿上绳子，挂在了脖子上。

很快就有女生效仿我。女生真是聪明，她们目光如炬，一眼就看出了我这件饰品的本质。男生们的见识像我一样不凡，他们相信我脖子上挂着的是一块货真价实的人骨头，其他女生佩戴的，不过是拙劣的赝品。我和男生接吻，会将他们的手拉上来，让他们去摸那个宝物，以此给他们形成强大的心理暗示，要让他们以为，此刻多么独特，甚至神圣，只有一块白骨才配得上他们的感受。其实就是这么好办，因为男人总是那么自命不凡。

再后来，很多男生围着我转，姿势千篇一律，一边埋头寻找我的嘴唇，一边伸手探索，意乱神迷地投身在专属于自己的独一无二的仙境。如果那时是在戈壁滩上，我会调整方向，让自己面朝南方。往那个方向遥望，我就可以看到被当地人称为南山的祁连山。雪峰在正午时发着光，雪峰在黄昏时发着光，雪峰不管是在正午还是在黄昏，都发着光。这让我似乎看到了生命的希望。

自命不凡的男生中总有更自命不凡的。一个裕固族男生把我按倒在了戈壁滩上。他像他的祖先一样骁勇，崇尚骑马和射箭，他还告诉我，他们民族本来自称"尧乎尔"。这些都令他看起来有条件更加自命不凡一点。何况，归根结底，一切算是我怂恿出的结果。我躺着的这块地方，是祁连山的洪水冲击出来的。亿万年前，洪水滔滔，山上的岩石滚滚而下，向着山外奔涌，大块的岩石堆积在离山体最近的山口处，接着是拳头那么大的，渐次变小，最后就像嘹亮乐章的尾音，指头大小的石头穿越时光，被我压在了身下。长年累月，日晒雨淋，大风剥蚀，石头的棱角逐渐磨圆，戈壁滩就这么形成了。即便是被压在磨圆了的石头上，我的背也很痛。可我觉得天荒地老，自己是被撂倒在了一个亘古的意义上。

事情就这么开了头。一个当地的无业青年行同样之事，却让我俯在上面。失去了依附，我只有引颈眺望，好在雪峰依旧不分黑夜与白昼地发着光。

那时候我并不觉得自己长得美——当然，我从来就没这样觉得过——在我心目中，唯一的美人是一个名叫肖雄的电影演员。她好像一直没怎么红过，即便如此，我也明白自己长得比肖雄差多了。肖雄美，是因为她看起来更像个男的，而我却不折不扣一副女人的样子。

有个男生骑车带我去看湿地。他别出心裁地用芦苇给我编了只素雅的花环。我揪了一把蒲草像羊似的咀嚼，这可以缓解我的痛经。天黑后回到学校，操场上有人聚众庆祝，据说中日围棋擂台赛上钱宇平胜了武宫正树。闻讯后，男生仿佛从来未曾给我编过什么芦苇花环似的，转身就跑开了。后来他告诉我，他是去细究棋局了。"执黑五目半胜。"他摸着我脖子上的白骨对我说。我觉得"执黑五目半胜"这个句子铿锵极了，优势明显，说出来就如同赢得了一场生命的完胜。所以，得知我的姑姑死于一场沙尘暴时，我竟脱口说出了一句："执黑五目半胜！"电话那头的母亲显然不能明白这句谶语，她打电话给我，除了报告一个死讯，更多地，还是为了我而担忧。校方已经对母亲发出了要"劝退"我的威胁。我觉得这个威胁孱弱无力，仅从音韵上听，"劝退"跟"执黑五目半胜"比，一个是咏叹调，一个顶多是句酸曲儿。

母亲常常打电话给我，我在学校的话，就要跑到系主任的办公室里去接听。有一次，我狠狠地瞪着系主任的时候，听到母亲在电话里抑制不住地哽咽起来。

教元明清文学的老师薛子仪天天都要打坐。他告诉我，"舌舔上腭"是打坐时的一个要领，彼时，"舌头前半部轻微舔抵上腭，犹如还未生长牙齿的婴儿酣睡时那样。"——这个情形被他描述得妙不可言。接吻时，我觉得我的上颚被他的舌尖抵住，我们便共同成了没有牙齿的熟睡的婴儿。有时候我会在旁边观察他打坐。我的老师死心塌地，形同寒蝉，变成了一副盘坐着的衣裳架子。如果他就此风化，成为一具骷髅，我就能得到大笔制作项链的真材实料了。

薛子仪老师知道那块白骨累累的所在，但他并不打算带我去。他说有一天他要在那里修一座墓园，立碑安魂，把所有的骨殖都聚拢起来埋葬。他说，那些尸骨的主人离我们并不遥远，不过是几十年前的男女，他们生前的衣服都还历历可见，在那里，你甚至能够看到，一根腿骨从一只破旧的裤管中伸出，寂寞地指向空茫的远方。

和我在一起，似乎令他痛苦，就好像心里藏着庄严的秘密便不再适合玩"舌舔上腭"的游戏。我也觉得神魂颠倒的时候，不太适宜想起一根腿骨从一只破旧的裤管中伸出。我频繁地和男生们跑出去，对此他不置一词。他很麻木，整天都是垂头丧气的样子，像是身在一个没有余地的失败当中，或者是被判了终身的徒刑。"古典文学的精华尽在唐宋之前，元明清文学的讲授无须名师。"这是他自己对我说的，但我认为这不是他形同囚徒、自暴自弃的全部缘由。

有一天夜里，神魂颠倒之后，他关了灯，在黑暗中点着了蜡烛。他将自己的左手放在火焰上炙烤。蜡烛的光亮本来就微弱，被他用手掌按住，房间里的黑暗重若千钧，变得都有了分量。我想那会很疼。我都已经闻到了烧焦的糊味儿。可我一丝想要去阻止他的念头都没有。眼前的事超出了我所能感知和理解的范围。我哪里见过这样的把戏,只有呆若木鸡地看着它发生。他能坚持多久呢?自然,坚持不了多久。他的左手在很长一段时间都被缠上了绷带。最初几天的震惊过后,对这件咄咄怪事,我全部的疑惑就偏离在这样一个问题上了——作为和我"神魂颠倒"的惩罚,他自戕的对象,为什么非得是那只左手?

如今,我差不多已经忘记了地球上还有雪山的存在。当我裹着条毯子,蜷缩在这辆吉普车的副驾驶座上回忆往事,并没有太多缤纷的画面在我脑子里浮动,反倒是当年那股皮焦肉糊的味儿,若隐若现,依稀被我嗅到。

山路边的草地起伏绵延,车开得不慢,可是窗外的风景却似乎凝固不动。总会有一匹孤单的马站在我的视野里吃草,同样的背景,同样的姿势,顶多时远时近。天地阒寂,我能听到这匹马吃草的声音。

我们是从甘肃进入的青海,老王说翻过祁连山,我们还要再折回去。我不知道这是不是唯一的路线,但我想,就算老王绕道俄罗斯我也没意见。我睡了一会儿,醒来时吃了一惊。车子停下了,窗外没有了孤单的马,是老王孤单的背影。他在撒尿。有一瞬间,我以为是那匹马直立起来了,穿了件红色的冲锋衣,摇身变成了老王。

我让老王陪我返乡,他提议驾车走一趟。如今的老王有了一辆吉普车,对此他好像挺自豪的。从北京开车到甘肃是个什么概念,我不是很清楚,上路后才发现,原来此行对我刚刚失去了一只乳房的身体来说,并不轻松。就像刚刚掉了颗牙齿的人总会不自觉伸舌头去舔那个空缺的漏洞,一路上我抱着双肩,肘部总是条件反射般地去试探胸前的那块伤疤。那里现在填充着棉织物,感受到的只是一种张冠李戴的挤压。这让我明确了自己今天的局面:残缺和破碎。

毕业后不久我就认识了老王。那时我被分配在县城当中学老师。教元明清文学的薛子仪老师还在师专的课堂上有气无力地讲着仓山居士袁枚。母亲每周都要来看看我,对于我得到了一份教职她高兴坏了,但不久之后我供职的中学也对她发出了要"劝退"我的威胁。

我总是被"劝退"。如果说我的人生是部电视剧,那么这句酸曲儿就是电视剧的主题曲。酸曲儿萦绕,我被搞得很烦。我想罢演,哪怕去另一部戏里当个配角。

老王就像一个星探似的发现了我。当年我见到他时,他还是个不折不扣的青年,但他已经自称是"老王"了。他长着一张配得上"老王"之称的老脸,脸上每一颗毛孔都粗大到足以塞进一粒沙子。作为一个流浪诗人,他穿着脏兮兮的牛仔裤和一双破解放鞋,应我们那个小县城的诗友所邀远道而来。我被邀请去参加诗人的聚会。当天晚上,老王一声不吭地将我脖子上的那块配饰悍然咬住。第二天早上醒来,我下意识地望了一会儿窗外的雪山,垂下眼时,看到老王蜷睡在我身边,我的项链被扯在脖子一侧,那块骨头依然还含在他胡子拉碴的嘴里。我觉得这是个启示,因为那一刻我灵魂出窍。

我决定让老王把我带走。走之前我回家去跟母亲告别。我家住在一个小机关的院子里,老王蹲在院门口等我,我出来时他一支烟还没抽完。我与家人的告别如此干净利索,这很令老王意外。他因此对我刮目相看,好像我也领上了一张"流浪诗人"的资质证明,可以跟着他上路漂泊了。那时我并不知道,其实我哪场戏都演不好,在"流浪诗人"中,我连配角都算不上,顶多算是一个路人甲。

我跟老王用了半年的时间才回到他的老家。从此我在那个空气中常年充斥着海腥味儿却无比干燥的地方生活了很多年。在那里,老王和他的朋友们背诵"每个人都知道,生命是戏仿的,并且,它缺乏解释。因而,铅是对黄金的戏仿。空气是对水的戏仿。大脑是对赤道的戏仿。性交是对犯罪的戏仿。"——但你要问及他的朋友们此地哺育过什么历史名人,得到的答案只会是"燕子李三"。

老王经常出门流浪,起初我还跟着他,后来我就不太愿意这么干了。我很累。而且,既然每个人都知道,生命是戏仿的,那么躺在床上就是对流浪的戏仿。在那里,我看不到雪山,但是我可以假装还能看到。平原是对雪山的戏仿。千禧年的时候,我再一次被这种生活"劝退",我离开老王去了北京——在那个时候分手,看起来就像是我们共同生活了有一千年那么久。

老王回到车里就抓起瓶子给自己补水。我想起自己该吃药了,等他喝完,我要过水瓶,大口给自己灌下了一把药片。对于我的身体状况,老王没问太多。毕竟,他曾经是位流浪诗人,而流浪诗人就该有这样的积习吧——不挂怀。就像我当年用了不到一根烟的工夫便跟母亲做出了诀别。

"我送我的哥哥红柳坡,红柳坡上么红柳多,红柳的叶儿往下落,红绸的裤裤往下脱。"引擎发动,老王唱起来。

这是我家乡的酸曲儿,他是那时学会的。看来世界还是一个纯粹的戏仿。

山峦上出现了巨大的广告路牌。车子进入甘肃境内了。不久就上了高速公路,视野里终于出现了戈壁滩。密布的风力发电机高高地矗立着,它们缓慢转动的白色叶片像大鸟的翅膀,凝重,矜持,仪态真的是好极了。降下车窗,我的脸上好像能够感到风吹来的细沙。老王唱得很来劲儿,难得他这么高兴,但我并不觉得他让我感到陌生。我们走了将近两千公里,最初的陌生感已经荡然无存。其实三天前见到他时我也没觉得有多生疏,他那张老脸早就老到了今天应有的程度,如今只是看上去更名副其实一些罢了。一别经年,我认为我会吓到他,但流浪诗人的习性还残存在他身上,当我摘下发套时,他没怎么关心我的脑袋,反倒把发套抢在手里左看右看,一副随时想扣到自己脑袋上试试的模样。当天晚上我们在酒店的同一间房里各自安睡,这让我舒了口气——将少了一只乳房的身体暴露给他,我还是会有些心理上的障碍。

车子开到了一个收费站,老王用跟我学来的当地方言一边交钱一边问路。收费员用不太标准的普通话告诉他,在下一个出口下去,还有七十公里。我没有听到乡音,老王那蹩脚的学舌连戏仿都算不上。我已经多年不曾发出过乡音。新世纪的朝阳升起时，我就发誓不再用方言发声了。

"老王，跟你说件事儿，"我像是自言自语，"当年我其实没跟我妈说就走了——我在我家门口站了会儿，没敢敲门。"

我这是在招供吗？如果当年老王知道我与亲人利落的告别不过是一个怯懦的遁逃，他还会带着我离开吗？他回头看了我一眼，好像没怎么把这句话当回事。

千禧年来临的夜晚，我还在河北那个小县城的酒吧里当老板娘。酒吧是老王开的，不过是几张桌子十几把椅子，用来招待四方的流浪诗人。当天从远方来了两位名气不小的人物，县城里的诗人们在酒吧里恭候了一天，但这两个人物姗姗来迟。后来老王接到电话，说来人没进县城，直接去了野外——他们觉得在野外搞一场诗会迎接千禧年，要比在小县城的土酒吧里更像那么回事。老王认为没错，率众去和他们会合。酒吧里还有客人，是一对依依不舍的恋人。我不忍心催促他们，他们看起来就是在生离死别，默默地相对垂泪，又默默地拥抱接吻，一副唇齿相依或者唇亡齿寒的样子。等这对情侣走后，我才关了酒吧，骑上自行车去找诗人们。

在那千年更替的时刻，冬夜的北方县城却毫无节庆的气氛。偶尔有几声零零落落的鞭炮响起。出城后，路就变得糟糕，好在月明如洗，不至于让我四顾无路。我在寒风中骑行，脖子上挂着的那块白骨随着身体的颠簸上下跳动，它在黑暗中发出了荧光，明明灭灭，像一团有意要引导我走上歧途的鬼火。我努力辨认着道路，按照老王告诉我的方向骑行，竭力排除着这块闪烁的白骨带给我的干扰。

那堆篝火已经快熄灭了,远远望去,在旷野里显得欲盖弥彰。车子被一条土沟绊倒,我被摔得够呛,差不多是飞了起来。我爬起来,扔下车子,吸着气跟跟跄跄地跑向火堆。篝火映照的范围内,遍地狼藉,扔着许多啤酒瓶和空烟盒。眼前并不是一个我以为会有的盛大的场面。众人早散了,只有老王四肢大张着躺在野地里。他显然是喝醉了,身上全是呕吐物。我蹲下去拽他,但被人从身后拦腰抱起。有人在狂笑。我像只被缚的螃蟹那样踢腿伸脚。这没什么用。我被扔在了地上。就着篝火的映照,我认出了他们。尽管他们背对着火光,面目全非,黝黑变形,但我还是认出了他们。他们是两个有名气的人物,我见过他们的照片。他们醉醺醺地命令我背诗,就两句:上帝!你看呐,我已倦于复活,甚至也倦于死亡、倦于生活。我就范了。他们又要求我用方言来背。我稍有迟疑,他们就用力打我耳光。我哭喊,用方言声嘶力竭地朗诵这两句诗。我想吵醒老王,但他俨然中弹而亡了一般。他们用脚踢我的胸和肚子,看来真是倦于生活了。我倒下去。这次我的身下不是戈壁滩,我无从想象宇宙洪荒、天地玄黄,无法将自己安放在一个亘古的意义里。我也看不到雪山。我被举起了腿,我看到一根腿骨从一只破旧的裤管中伸出的景象。

第二天,我迎着新千年的夕阳离开。老王不在我身边,他去追击那两个逃走的人物了。我在火车站遇到了昨夜那对惜别的恋人。女孩和我一同挤进了车厢,列车开动后,男孩像电影镜头里经常出现的那样，一边挥手，一边追逐着车轮。我脖子上的项链不见了。

下了高速公路天色已经昏暗。老王让我和他一起下车活动活动腿脚。旷野无人，暮色四合。我走远一些去方便，站起时抬头看到西边祁连山的雪峰在夕阳下发着光。夕阳是金色的，它们却亮如白银。它们就这么发着光，肯定都有上亿年了。几十年前在戈壁滩上留下白骨的那些人，还有如今残破的我，跟白银般的雪峰比，算得了什么呢？

"它们可是见得多了。"我指着远方的银光对老王说。

他凑过来帮我整理了一下发套。他挺爱这么干的。

"你们那儿尽管能闻到海腥味儿，但却看不到海。"我说，"如果能看到海就好了，海跟雪山一样，都能让人不太把自己当回事。"

"不一样，我家有亲戚在海边住，住在海边就得靠海糊口，"他说，"那可不是个轻松活儿，一辈子就像是服苦役。"

我不想辩驳他，笑着握住他的手。他也抬头向西边眺望。

"不过不管在哪儿，人都像是服苦役。"他自己说。

我开始跟他说当年祁连山下的戈壁滩上就有一群人在服苦役，他们是那个时代的文艺青年，如果运气好，晚点儿出生，在新的时代，没准儿个个都是诗人。他不安地看着我，大概认为我的话中含有讥讽。他不再愿意提及诗人这茬儿了。我的头有些晕，他把我抱起来，小心地放进后排车座上，让我能稍微舒服地躺一会儿。车门开着，他站在路边抽烟。

"那么把他们扔到戈壁滩上服苦役也是个不错的办法。"他背对着我说。

他钻进车里,从前排车座拿起毯子,趴在椅背上给我盖好,然后发动引擎,向着我的老师开去。

我在北京见到过薛子仪老师一次。当时是在798艺术区,我从一个画廊出来,看到他坐在对面露天酒吧的遮阳棚下面。他穿了件褐色的中式对襟立领衬衫,显得是有那么一点儿仙风道骨的样子。他比以前更消瘦了,让人感到仿佛气若游丝。他双目紧闭地坐在那儿,俨然已经入定。我站在对面观察他,恍如回到了过去,正等着去捡拾一大笔制作骨头项链的真材实料。令我大吃一惊的是,后来有两个很漂亮的女孩来到了他的身旁。她们都穿着白色的长裙子,头发一模一样地盘在脑后。他睁开眼睛,她们在两侧搀扶着他站起来,毕恭毕敬,态度就像对待一个主子。但他还是一副身陷失败的样子。我想起了袁枚,那个清代"以淫女狡童之性灵为宗"的仓山居士。这也是他在课堂上传授给我们的。他讲元明清文学,怎么绕得开袁枚?在我眼里,那两个女孩,像是他效仿袁枚收纳的女弟子。但他不是一个心里藏着庄严秘密的人吗?而谁都知道,袁枚却是个玩得很嗨的吃货。我在街的这面看着他,仿佛隔着无尽的岁月翘望。他对着楼面上一幅巨型招贴画指指点点,两个女孩子频频颔首,其中一个也用漂亮的手势附和着他,后来还把头靠在了他的肩膀上。我转身离开,心里面想着"启蒙"这个字眼。

县城已经完全变样了,霓虹灯远远地勾勒出了一座幻城。

想不到我的故乡也有了"七天"这样的快捷酒店。投宿后，老王喊我一同上街吃饭，但我累极了，还有些隐隐的恶心。他给我买了炒面片和羊肉汤回来。我捧着塑料餐盒喝汤，抬眼发现他正愁苦地盯着我看，一瞬间我竟感到了久违的羞涩。

"我好像已经想不起从前的味道了，这和我在北京吃的没什么两样。"我一片一片地吃着那碗炒面。

"可毕竟是回来了，"他有点儿骄傲地说，"我把你送回来了！可能的话，我还想徒步走着陪你回来呢。"

"这算是退货吗？"我说，"可我已经成残次品了。"

这话听起来像是在谴责。这对他不公平，我对命运一点儿都不想抱怨。

"当然不是，杨洁，你知道我不是这个意思。"

"怎么个意思呢？"

"我也说不好，"这个曾经的流浪诗人变得拙于表达了，"而且，你也不是什么残次品。"

"我是。"

一瞬间我有将胸口那块伤疤亮给他看的冲动。但那并不是一枚军功章，没什么可炫耀的。几天来我们都住在一个房间里，但却分床和衣而睡。

"你不是。"他低下头说。

"对不起，"过了一会儿，我说，"老王，我也不是这个意思……"

我疲惫地看着他。面片和肉汤都令我难以下咽。已经停止化疗几个月了，可我还是厌食。

老王当年去追击那两个人物，并为此承受了八年的徒刑。我觉得，这反倒是我对他的亏欠。他在监狱里给我写过许多封信，寄到我母亲那里，再通过我母亲转寄到我的手里。他的信写得朴素极了，完全没有了虚张声势的抒情。

"杨洁，就算死后埋在这儿我也没什么意见。"他写道，"农场有几十万亩那么大，到处都是一眼望不到边的芦苇和蒿草。这里曾经是古黄河的入海口，五千年前还是一片深海，经过几千年的河床泥沙淤积，如今它才成了一片大苇塘。开垦这块土地需要大量的苦力，这个我们倒是从来都不缺乏。尽管从地图上看这里属于河北省，但是它却归北京管，所以当地人把它叫做'飞地'。对了，还有一个女犯人组成的园林队，她们栽种苹果和葡萄，一个个看上去都健康极了。"

接到这样的信，我难免会心有所动。他像是在召唤我也去栽种苹果和葡萄。那块"飞地"让我想起故乡的戈壁滩，它们都是地老天荒的所在，适合流放与灭绝、囚禁与惩罚，人在那里，可以迅速地化为白骨。但我没有给他回过信，因为我怕自己无法写得像他这么朴素。我也难以响应他的召唤，因为那过于像是一个戏仿、过于美。

日子并没有传说中那么难熬。我发现，如果你真的领会了"生命是戏仿的"这个真谛，差不多所有问题都可以迎刃而解了。我最终居然在北京买下了一套单居室的房子，尽管远在通州，但看上去也好像是赢得了一场胜利。在这场胜利中，我失去了一只乳房,它发生了癌变,只好被切除掉。二十多年来,所有的时光都凝聚在这只被摘除的乳房上了,事实上不足挂齿,宛如一只轻忽的气球。我站在自己供职的玻璃大厦里,看着窗外的大街上人来人往有如潮来潮去。我把"沙县小吃"吃成了故乡的味道。有段时间我患上了轻度的抑郁症,但公司里几乎所有的人都和我一样,吃着一种名叫"黛力新"的丹麦药片。北京奥运会的时候,我还做了几天志愿者。随后像是为了奖励自己,我去了趟瑞士。铁力士雪山有旋转360度的绕山缆车,但我没坐,因为我从来未曾想过可以如此轻慢祁连山的雪峰。我还见过不少年轻的孩子被这座城市"劝退"。我见过一个在地铁里卖唱的女孩,被几个喝醉的男人无端殴打。

起初我没有固定的男人。我养了三只猫。后来我的生活里干脆没了男人。为此我网购了几件自慰用品,最后鉴定出,原来我果真已经没有了欲望。我赚的最大一笔钱,数目刚好用来切掉我生病的乳房。在798艺术区见到薛子仪老师的三年后,我开始自学画画。我买了一套《芥子园画谱》,不知不觉喜欢穿白色的长裙子,习惯将头发盘在脑后。"薛老师现在很有钱。"母亲在电话里告诉我。他能多有钱呢?能像袁枚一样建起一座美轮美奂的随园吗?我从没动过返乡的念头,我怕我一回去,母亲就会再次陷入对于我被生活"劝退"的恐惧中。

黑河在窗外流淌,水声喧哗。从窗户望出去,水面在夜里灰光粼粼。我从卫生间洗浴出来,老王已经睡着了。我很怕看到他睡着的样子——就像是中弹而亡了一般。我关了灯,一个人坐在漆黑的角落里。关于我的老师,我能告诉老王些什么呢?他好像应该知道我此行的动机,所以我告诉他我的老师快死了,我最好是回去见一面。我的老师快死了,我对老王说,尽管他精通打坐之术,但也没法长生不老。他快死了,我最好去看看他,因为他曾经"启蒙"了我。我没有告诉老王,"启蒙"这个词原本是他赋予我的——我担心老王理解不了。这个词那么险峻,对我就像孤立的山峰和陡峭的奇岩怪石。我不想把事情搞得太玄奥复杂。我说,他对我的一生很重要,他让我在年轻的时候就变得不那么兴致勃勃,被一些亘古的事物所吸引,让我在本该青春飞扬的时候却迷恋累累的白骨。

"他让我和近在咫尺的历史建立起了联系。"我字斟句酌地说,生怕自己是在夸大着什么。

"历史?"

"算是吧,因为他就是活在历史阴影里的人。"

"你不该沉迷这些,"老王说,"那些事其实跟你没什么关系。"

"没有沉迷,也的确没什么关系。"我说,"我只是在说事情的缘由。"

"我陪你回去不需要什么缘由啊,你让我送你去火星都成。"

"噢,是!"我知道老王说的没错,也觉得自己婆婆妈妈挺丢人的。

"我们该活得简单点儿。"他继续说。

"那你干吗还幻想徒步陪我走回去,飞机不是更简单省事吗?"

"这个,我也说不清了,不是一回事。"

"其实是一回事,就算你现在开上了吉普车,心里也还有些东西放不下。"

"这和吉普车有什么关系呢?"他说着伸手又来整理我的发套。

"这么说吧,"我有些急躁,"就算你现在成了一个小老板,你也丢不下诗人的那一套!"

我觉得自己有些刻薄了,这并不是我的本意。我不知道自己想说什么,只好想到哪儿说到哪儿。上个月我在北京遇到了一个熟人。他身上的民族服装实在是太醒目了,让人无法忽视。我在酒店的大堂里一眼就将他认了出来,但是我已经忘记了他的名字,只有"尧乎尔"这三个字从嘴里惊呼般地脱口而出。他愣了半天,才迟疑着问我:"是杨洁吧?"他现在是县里的领导了,来北京参加一个民族会议。在他高领大襟的长袍背后,我总觉得挡着连绵的雪山。我们去了酒店二层的露天咖啡吧。他一点也不拘谨,好像根本不记得曾经在戈壁滩上将我撂倒。他像一个真正的县领导那样,跟我大谈县里经济的大好局面。于是就说到了薛子仪老师,因为"薛子仪老师为县里的经济做出了巨大贡献。"——他办了企业,将蒲草加工成治疗女性痛经的药物;他成了地区的首富,住在一座自己建造的山庄里。

"可惜，他快死了，绝症。""尧乎尔"说，"老头倔得很——他有七十多了吧——不去大医院，自己住在山庄里熬中药喝。"

"尧乎尔"最后热情洋溢地邀请我"回去看看"。他知道我父亲去世得早，母亲作为我在故乡唯一的亲人也在两年前去世了，但是，他说他会像"亲人一般地欢迎我回家"。

告别了"尧乎尔"，我乘坐地铁八通线返回通州。车过高碑店时，上来一个女人。她大概有五十多岁，很胖，肚子里像是塞进了一块正在发酵的面团，但她却穿着件正常身材的人穿上都会显得逼仄的小夹克。她浓妆艳抹，面无表情地坐在我的对面，长长的蓝色睫毛一眨不眨。她旁若无人，像一尊正襟危坐着的膨胀的菩萨。我突然感到羞愧难当。这尊地铁里的菩萨猛烈地震撼了我。在我眼里，她有种凛然的勇气和怒放的自我，这让她看起来威风极了。于是我做出了自己的决定。回到家后，我翻出了老王给我写的那些信。出狱后他依然写信给我，直到我母亲去世，再也没人替他转寄。我从信封上抄下了他的地址，写了一张简短的纸条寄给他。一星期后，我的手机被他打通了。

"老王，我要回河西走廊去。"我对着手机直截了当地说，"我的身体不大好，需要有个人陪着。"

"我明天就去北京接你。"他说。

"你方便吗？我是说……"

"我没老婆。"

我不由得笑了，这和我预感的差不多。

第二天下午，老王就驾车出现在了我的楼下。他的车停在路对面，我拖着行李箱穿过马路走向他。他跑上来两步帮我拉箱子，我们谁都没跟对方嘘寒问暖。一路上大部分时间都行驶在高速公路上，我让他别急着赶路，事情并没有那么急迫。我的身体也不允许我风餐露宿，我只要一个按部就班的行程就好。老王话不多，一边开车，一边有一句没一句地跟我聊那块几十万亩大的农场，听上去像是在跟我介绍一块旅游胜地。那里有成群的野鸭，他教我如何区别雄鸭与雌鸭的叫声：雄鸭是——"戛"，雌鸭是——"嘎"。

"戛！"

"嘎！"

我被他模仿出的鸭叫逗得开怀大笑，笑得胸口都发痛了。

但那块"旅游胜地"还是给他留下了一身的毛病，出来时，他两只手的关节完全变形，十指曲张，形同鸭蹼。他干过不少活儿，还到北京的一家图书公司做过编辑，结果都没法让他找到条生路。后来他想到了野鸭，这就像是上帝专门给他打开的一道窄门，独辟蹊径，他改弦更张，成了饲养绿头鸭的小老板。他也遇到过几个女人，有一个差点儿和他结婚。但对方最后受不了他的少言寡语，还是跟他分手了。

"绿头鸭虽然有野性，可胆子小，警惕性极高，陌生人接近就炸了窝，要是突然受惊，它们就会像群疯子似的拼命飞逃。"他解释说，"饲养环境要求安静，尽量避免人畜干扰，时间长了，我就不爱说话了。"

他这么说，我就可以心安理得地坐在副驾驶的位置上打盹儿了。他可能也把我当成了绿头鸭，跟我说话时轻声细语的。

房间里的电话突然响起来。我几乎是跳过去接起了电话。一个南方口音的女人问我要不要服务。我一言不发地挂断了，并且拔掉了电话线。我的眼睛已经适应了黑暗，就着月光，我看到老王睡得踏实极了，我还担心他如今也会像野鸭一样胆小警觉，但他睡得就像中弹而亡了一般。我在黑暗中摘掉义乳文胸，抚摸着自己胸口的伤疤。

第二天清晨，我们穿过空寂的县城朝南开去。薛子仪老师的山庄在当地尽人皆知，酒店前台的服务生告诉了我们详细的方位，她不知道我就是从这里走出去的，还想好心地画一张路线图给我们。

昨夜我睡得不好，上车后就开始被强烈的呕吐感所折磨。我们向着南方，那是祁连山的方向。雪峰的光芒在晨曦中明晃晃地刺眼，老王只好戴上了墨镜。虽然已是初夏，河西走廊的晨风依然有些料峭。道路两旁的戈壁滩上，籽蒿、沙柳这样的灌木在风中轻轻颤抖，它们毫无绿意，一律都是灰白色的。我忍着恶心，竭力向窗外张望。戈壁茫茫，我看不到一座当年被承诺了的墓碑，也看不到一座孤城般的墓园。所有的光芒都向我涌来。一群男孩子簇拥着我，个个都自命不凡，像一头头对世界知之尚少的小兽。两个坏人被身后的火光勾勒出了金橘色的轮廓，就像是用烧红的铁丝拥成的。母亲临死前念念有词，妄图替她的女儿向世界讨饶，不要让尘世"劝退"她的孩子。

一个古代的书生转眼就老态龙钟，双手刚刚还是推搡的姿势，一眨眼就变为了拥抱。我的眼里落满了沙子，一阵风吹过，它们就变成了砾石一般的泪滴。我胸口的一侧空空荡荡，冰冷的空气在那里回旋。直到老王用他鸭蹼般的手将我唤醒。我在昏沉的假寐中发出了呻吟，他伸手抚摸我的脸。

我拍着车门让他停车。车子停在路边，我下车跑向不远处那棵枯死的胡杨。我在它嶙峋的枝干上掰下了打火机那么长的一小截。老王默默地看着我上了车，脸色变得有些灰暗。

"据说这种树死了也能一千年不朽。"过了一会儿他没头没脑地说。

老王的车开得很稳，尤其在他知道我总是被呕吐感折磨后。他时不时会用鸭蹼一样的手拍拍我的腿。吉普车开始爬坡，眼前的山体也渐渐有了绿意。接着就是整面山坡的草地了，黄色的油菜花星罗棋布，还有蝴蝶扇动着翅膀拍打车窗。我竭力遥眺山下，真的看到远处的戈壁滩上站着一个女孩，她肃立千年，面向着雪峰，翘望已久。我们向着雪线开去。远远地，一片云下正有雨水飘落。

庄园并不显得突兀。"不望祁连山顶雪，错把张掖当江南。"这句诗是薛子仪老师当年教给我们的，他在课堂上恹恹地吟诵。那时他能预见到吗——自己最终会在祁连山上营造一座江南的庄园。这座庄园置身于祁连山脉，更像是一座遗世独立的禅寺。但无论是庄园还是禅寺，在我心里，都不该是那个焚烧手掌者的志向。

老王将车子停下,我让他在那里等我。我打开车门时,他叫住了我。

"杨洁,"他说,"从这儿回去后跟我去养鸭子吧。"

这句话让我走出了很远后,还身在一种灵魂出窍的恍惚里。

一座红土桥通向山庄的大门,桥下是细瘦逶迤的山泉。两根圆柱上横置着梁坊。"随园"写在一块不是很大的匾上。一切都不是簇新的,就像起码存在了好几百年。戈壁滩的风是做旧的利器,它能让尸骸转眼化为白骨,也能让新貌刹那变为旧颜。我用门环叩响了那扇厚实的木门。半天,旁边一扇斑驳的偏门才打开了条缝。

"你是谁?"门里的女孩问我。

我理所当然把这个身穿白裙的女孩视为了一个"女弟子"。她是当地人,脸颊上那两团特有的"高原红"就是我判断的依据。

"我找薛子仪老师。"

"我知道你找薛老师,到这儿来的都是找薛老师的。"她挺傲慢的,"我是在问你是谁。"

"我是他的学生。"我感到自己有些蠢。我已经四十多岁了,戴着只义乳,好像已经不配再去做一个学生。

"所有人都是薛老师的学生。"她抢白道,作势要关门。

"等等,"我急了,脱口报出自己的名字,"我叫杨洁。"

她定定地看着我,终于说了声:"进来吧。"

我看出来了,"杨洁"这个名字并没有什么说服力,她大概只是被我急迫的神色打动了。

园子里的确别有洞天。绕过一面萧墙，朝北开着一扇柴扉，进去后，竟然是一片竹林。脚下是石头顺着山势铺就的小径，拾级而上，穿过很长的一段回廊，一间明亮的大厅里坐着另外两个女孩。我觉得我见过她们。她们中的一个对我说："老师病得很重。"另一个说："他早已经不见客人了。"领我进来的女孩请我坐进了一把老式木椅中。我的两只手紧紧地抓在木椅的扶手上，不知所措地看着她们交头接耳。她们好像无视我的存在。我很恶心。我看到了当年将左手放在蜡烛上炙烤的薛子仪老师，和我神魂颠倒多么令他痛恨自己。老王用绿头鸭和家鸭杂交后的"媒鸭"来诱捕更多的野鸭，这项在农场学来的本事让他发了财。母亲在电话里告诉我姑姑死于一场突如其来的沙尘暴，系主任却在摸我的胸。那位地铁里的菩萨威仪地望着我，她给了我勇气。

"他左手的伤好了吗？"我突然问。

她们彼此对视了一下，露出了惊讶的表情。

"你跟我们喝会儿茶吧。他现在正在打坐。"那个放我进来的女孩说。

她们喝茶很讲究，七碟子八碗的，其中一个对我说："水是从山上取来的冰块融化的。"

"你从哪儿来？"她们对我的态度发生了变化，开始主动和我说话。

我想说"北京"，但突然觉得这多么虚假。我就是从山下的戈壁滩来的啊。

"我走了很长的路。"我只能这么回答她们。

她们再次交换着眼神。毕竟还是些孩子,很快她们的话就多了起来。我提及了那只左手的伤,这让她们很好奇。

"老师的左手很少给人看。还好,和领导们握手的时候他用的是右手。"说着,她们开心地笑起来。

女孩们也在他的企业里任职,她们彼此以"部长"和"经理"相称。我这才发现,她们的身上果然有着浓浓的蒲草味儿。还好,他没用仓山居士的方式来教导她们,也没用骨头做蛊,让她们成为像我一样无可救药的人。女孩们天性未泯,谈话很快转移到各自的网购经验上了。我静静地聆听她们聊天,在她们情绪高涨的时候,不失时机地问道:

"我可以去见他了吗?"

她们停下来,面面相觑,好像突然想起了我的存在。

"我走了很长的路,就是为了见他一面,"我觉得自己开始哀求了,"我还要走,还有很长的路等着我。"

脸颊红红的女孩站了起来,是她领我进来的,这时承担起了她的义务。

"你等等啊。"她冲我点下头,然后就离开了,消失在一架屏风后面。

我的手插进衣兜里,紧紧地将那一小截胡杨木攥在手心。不一会儿女孩从屏风后露出了脸,向我招手示意。我走过去,绕过屏风,跟着她又走进了一段回廊。回廊上爬满了藤蔓,叶子在山风中摇曳。这宛如江南植物的繁盛让我突然剧烈地恶心起来。但我却吐不出,只能弯下腰一阵阵干呕。

"你没事吧?"女孩紧张地看着我。

我强装镇定,努力平复着自己的内心。我的脸色苍白,头套可能也歪斜了。我想,我的样子一定很吓人,但是,这令我接近了那个地铁里的菩萨才有的风度。

我终于站在了他的门前。门楣上挂着一块写有"小仓山房"的横匾。我的掌心全是汗。

"进去吧。"女孩对我说,她都没敢抬头看我。

"谢谢你。"我为自己给她带来的惊吓而内疚。

房门虚掩着,我推门进去。

"老师?"

房间里有股难闻的味道。窗上的纱帘可能刚刚被拉开,在微风中飘荡,依然有一种大梦初醒的动势。

"老师,是我,我是杨洁。"

没人回答我。那张遍体雕花的木床上传来窸窣的声音。我看到他了。想象中,我认为他应当是盘腿坐在床上——不像是他,而像是塞在神龛里的一尊破败的偶像;实际上,他是躺着的,一条薄被一直盖到了下巴上。当然是这样。还能怎样呢?即便那明亮的大厅里有着他豢养的年轻女孩,即便窗外就是万物生长的夏日,但他也只能够这样几乎被完全覆盖着奄奄一息。我不想将之说成苟延残喘,但他真的就剩下半口气了。镂空的床楣上有一只蜘蛛在快速地爬行。一切就是这么地腐朽,还有股挥之不去的臭味。我的心里升起凶恶的伤感。我想大声骂他,用恶毒的话诅咒他。我们彼此启蒙，如今，他用一座随园戏仿了一座墓园。我像是遭到了背叛，但也说不好。我发散着的愤怒之波一定强烈到令他有所触动了，他盖在薄被下的身体开始微微发抖。他的嘴巴嚅动着，嘴角流出黑褐色的液体。我凑近他，他身上熏蒸出的苦味让我的心变软了。

"好吧，这不能怪你，这世界连戏仿的耐心都没有了。"我在他耳边说。

那只蜘蛛爬到了他的头上，我伸手替他捉了下来。我不忍心看他形容枯槁的脸上再爬过一只该死的蜘蛛。我在他身边坐下，从薄被下摸出他的左手摩挲。他的掌心犹如岩石一般冰凉和坚硬。

我把手伸到他眼皮前，对他说："看，白骨。"

他的眼皮翕动，终究还是没有张开。我有一瞬间以为他已经死了，将手指探在他的鼻子下面，那微弱的生命之息令我一阵感动。

"你得跟我说说话。"我对他抗议。

他悄无声息。

"跟我说句话吧。"我跟他商量。

他悄无声息。

"求求你，跟我说一句话。"我发出了呜咽。

他依旧悄无声息。

我哪儿敢摇撼他，我怕一使劲，他就会化为齑粉，让人连一把骨头都得不到。屋子很热。床脚一只大铜炉里的木炭余烬未熄。一部翻开的《子不语》扔在地板上，山风掀动着它黄色的书页。我过去把它捡了起来。结果它的下面还扔着一本《夹边沟记事》。我把两本书放回窗前的书案上，让一本压着另一本。透过敞开的窗扇，我能够隐隐听到野草发出的叹息般的歌唱。窗外的亭台楼阁，在我眼里一点一点成了残垣断壁。

后来，我又回到了床边。我半跪在他面前，双手小心翼翼地搬动他的脸。他的嘴唇乌黑，我慢慢地亲吻上去。我用舌头开启他的嘴唇，他紧咬的牙齿顺从地松动了。我的舌尖轻微舔抵他的上腭，品尝着他的苦味。于是，我们便共同成了没有牙齿的熟睡的婴儿。

我从随园的大门走出来时，看到山坡下老王站在车外和一个挎着篮子的妇女聊天。那个妇女头上裹着当地女人常见的红色头巾，与穿着红色冲锋衣的老王相映成趣。她可能是上山捡拾药材的。我慢慢地顺着山坡向下走。我没有回头，但知道身后的那座庄园在无声地坍塌。不，那不是灰飞烟灭，而是方生方死，海市蜃楼般地随风消散。我的心里星堕木鸣。老王和那个妇女相谈甚欢，慢慢地，我从这幅景象中看到了自己。我想我会去和老王养野鸭的。这是命运，一切都不是蓄意为之——谁让我已经学会了怎么分辨雄鸭和雌鸭的叫声？何况，在那样的生活里，我还可以不用再戴着一只悲伤的义乳。

老王看到我了，向我跑过来。

"怎么样？"他远远地问我。

我望着他，用只有自己听得到的声音慢慢地说："执黑五目半胜。"

2016 年 4 月 13 日

香榭丽

  弋舟，曾获第七届鲁迅文学奖，第三、第四届郁达夫小说奖，首届中华文学基金会茅盾文学新人奖，第二届鲁彦周文学奖，第六、七、八、九届敦煌文艺奖，第二、三、四、五届黄河文学奖，首届"漓江年选"文学奖，2012年《小说选刊》年度大奖，第十六、十七届《小说月报》百花奖，第三届《作家》金短篇小说奖，2015年《当代》长篇小说年度五佳，第十一届《十月》文学奖，以及《青年文学》《西部》《飞天》等刊物奖及华语文学传媒盛典年度小说家提名。

中年妇女恋爱史

张 楚

一九九二年

无疑,茉莉是班上最细的女生,也是最白的女生。她是从清河镇考到县城来的,可一点不像个乡下姑娘。冬天裹件细腰桃红假羊绒大衣,袖口磨起了球,在一群灰头土脸的学生当中晃着,像株没发育好的樱花树。

高宝宝对茉莉说,你有些驼背呢。茉莉哼了声,用手捂住他的嘴。他身上总有种雪花膏的味道,如果没猜错,大抵偷偷擦了他母亲的"郁美净"。

不过高宝宝委实长得好,桃花眼,希腊鼻,还是商品粮。他父亲在粮食局当主任,母亲是中医院的针灸师。茉莉倒也没想过太多,只觉得他漂亮,这就够了。茉莉喜欢一切漂亮的东西,比如家里那一大丛蔷薇,盛夏了铺天覆地,恨不得淹吞了整个庭院；比如邻家的那只鹿犬，吊眼细腰，看人时总晃着短尾；还比如村里张家的那个傻子，傻是傻，不言语时浓眉朗目，宛若戏台上的评剧小生。当然，她觉得自己也是美的，但美得不够，头小，比巴掌宽些，笑起来眼角附条细纹，另外，就是平胸。可在高宝宝眼里，大抵再无茉莉这么美的女孩。他每天清晨给她带只富士苹果，晚上会趴在茉莉他们班的窗户外不停招手。茉莉通常装作看不见。同桌甜甜用胳膊肘撑她，她也装作毫无知觉。直到高宝宝用手指急叩着玻璃窗，音儿脆脆的，她才朝那边不经意地瞅一瞅，顺势笑一笑。

　　能去哪里？冬天了，可好俏不穿棉，高宝宝只套条牛仔单裤，皮夹克里裹件跨栏背心。两个人只得沿着学校的那堵外墙往南走。高宝宝攥着她的手，直到手心沁汗。那时的冬天，通常下无数场雪。夜雪初霁，荠麦弥望，整个县城都没了响动，只间或一两声棉花枝被雪压折，断音从黑魆魆的田野深处传来，仿佛野魂灵的舁声。那一次他们走得累，怎么就在墙根处喘息着搂抱在一起。他踮着脚不停朝她耳朵吹气，茉莉咯咯地笑。高宝宝说，等她高中毕业了，他们就结婚。茉莉说，我比你大三岁呢，你父母会同意？高宝宝说，他们要是不同意，我们就离家出走，我有个表哥，在天津康师傅方便面厂当工头呢。茉莉说，你舍得？你是商品粮，我是农业粮。高宝宝说，这辈子我只爱你一个人，要是我骗你，就遭雷劈。茉莉忙堵住他的嘴，身上的毛孔仿佛都炸开了，玫瑰香气顺着毛孔延灌。她知道那不是风。她也知道，他的声音是真的，别的都是假的。

他毕竟只有十五岁。或许他还没有发育呢。他甚至还没来得及长胡须。

她跟高宝宝的事，甜甜、老甘和小五都知道。反对的只有甜甜。甜甜家是县城的，但也是农业粮。她个子比茉莉矮点，眼比茉莉大，有些漏神。平日里老喜欢从家里给茉莉带各种零嘴，凉糕啊，西瓜子啊，花生豆啊，芝麻糖啊，上课了才从兜里掏出来一把把塞给她。吃吧，吃吧，她总是喃喃着说，你那么瘦。多年后茉莉想起她，难免先想起那些食物的气味，譬如花生的黏香味儿，西瓜子略苦的涩味儿，或者芝麻糊香的甜味儿。当这些气味盘旋起时，甜甜的脸庞才慢慢从那虚无之境凸显出来。

她还记得，甜甜的声音很小，说话时总东瞅西瞅的，唯恐旁人偷得一字。她说，你傻呀，这么小的男生也信？她指了指茉莉的太阳穴说，动动猪脑子吧，唉。日后茉莉还常想起当时谈话的场景：她和她站在教室外的那棵白杨树下。冬天的白杨树像根水泥柱，冷，糙。茉莉靠着树，看着浅暗的阳光打着她的牙龈，忽而厌烦起来。或许她只是妒忌自己有了男朋友，条件又这么好。怎么从来没人追她？这么想时，茉莉拍了拍她的脸颊，笑着说，姐，我是只母老虎，不会吃亏的。甜甜也笑了。甜甜知道自己有对尖虎牙。

一九九二年暮冬，茉莉她们忙得四脚着地。学校要组织迎新春联欢会，班长让她们代表文科班出个节目。老甘建议跳现代舞，她龇着牙说，冲吧美少女们！身上披金挂银，霓虹闪闪烁烁,妈呀,光是想想就美抽巴了!

跳就跳吧,反正小五的姐姐在县文化馆,找个舞蹈老师不是难事。要紧的是不用上自习课,不用做数学题,更不用背澶渊之盟。舞蹈老师大抵有三十七八岁,短发,还吸烟。这是茉莉第一次见到吸烟的女人。女人说话的腔调,是完全把她们当成了幼儿园的孩子。茉莉想,这个岁数的女人,打心眼里怕是不稀罕她们吧?茉莉小腿格外长,她妈平日里常骂,你以为长了只仙鹤腿就能飞上天!女舞蹈老师对茉莉指点的要多些,胳膊没展成水平线,屈腿时略外八字,踢腿时脚尖没绷直,啰里啰嗦,嘴里的烟味比蒜味还呛人。

待到演出那日,还是遇到了意外。先是音乐莫名卡带,她们刚好做霹雳舞动作,手臂机器人般弯曲,腿尚未来得及迈太空步,动也不是,不动也不是。舞台底下喧闹起来,男生吹口哨,浪叫,嘘嘘。这时音乐莫名响了,她们顺势动起来。或许因了刚才的停顿,接下去的动作倒显得吊诡流畅,尤其是白腿亮晃晃踢出时,台下瞬息变成了精神病院。那些满脸粉刺终日喝着烂白菜粉丝汤的男生何时见过如此阵仗?掌声伴着叫好声,简直要将餐厅屋顶掀开。茉莉的屁股就扭得更猛烈,连平日训练时常做错的动作都天衣无缝地衔下。正在此时,音乐声忽而又停,但见老男人蹿上来,攥着麦克风嚷道:下去!你们下去!成何体统!

是校长。他本就瘦矬,站在舞台中央仿若老农。他鞠了个躬,说,下面我给大家拉奏一曲二胡《奔马》。台下一阵嘘声,先是弱，后来就汇成巨大旋浪，要将人淹死似的。

那是她们最辉煌的演出吧？茉莉后来再也没有在那么长那么宽的舞台上跳过舞。舞台上还荡着蒸馒头的碱香。她们被校长赶下了舞台，可一点都不难过。她还记得老甘在后台掐着腰说，别理会那个老古董，什么鸡巴玩意儿！明天我们去一中跳！他想一手遮天，门都没有！

老甘的父亲是局长，母亲也是局长，至于是什么局的局长，都是无所谓的。反正老甘说话嗓门总是很大。她声音粗，旁人听起来瓮声瓮气，往往忽略了说话的内容。平时都靠着墙角睡觉，睡醒了就唱歌。她最喜欢王杰。茉莉觉得，一个女孩喜欢王杰的歌，难免有些奇怪，女孩子应该喜欢林忆莲，应该喜欢梅艳芳，最次也得邝美云吧。老甘不管这些，她的T恤衫上印的王杰，作业本上抄的王杰歌词，好吧，连发型也像王杰。老甘跟小五同桌。小五不喜欢王杰，小五喜欢齐豫。她唱起歌来也是齐豫那种颤音，颤得人几乎要流出泪。那次，她们都没有反对老甘。老甘的初中同学是一中某班的文艺委员，还正式给她们发了邀请函。

县一中的学生看起来都傻，黑乎乎，男生女生似乎都不洗脸。当他们目瞪口呆地看着茉莉她们穿着健美裤蝙蝠衫跳完现代舞，似乎都有些羞赧，竟忘了鼓掌。只一个男生犹豫着站起，环顾下四周，啪啪地拍起手，掌心都要击破。茉莉瞥那人一眼，高，瘦，眼贼亮，脖子很干净。

那晚，茉莉、甜甜、老甘和小五在学校外的小吃部吃了顿牛肉大葱馅饺子。老甘还要了两瓶啤酒,牙齿都冰掉了。那是茉莉第一次喝酒。店里本就没什么人,开着台黑白电视,电视里正在播放邓小平在珠海的讲话。她们将电视声音调小,叽叽喳喳,声响难免大些,空荡荡的,在油腻腻的房间里倒有些喜庆的意味。老甘说,等来年夏天,高三也不念了,去上班挣钱。反正也考不上大学,不如早到社会里闯荡闯荡。你跟我去开店吧,老甘搂着小五说,我肯定不能亏待你!小五只是笑。小五最喜欢笑。小五笑起来有梨涡。茉莉其实一直觉得,跟自己心最远的,就是小五。她不怎么说话,当然,说起来声音很甜,不是蜂蜜的甜,是大粒白糖的甜。小五有个男朋友,在县财政局当司机。但茉莉从没见过那个男人,据老甘说长得又黑又膀,大兴安岭的熊瞎子似的。

她们慢慢地吃着饺子,小口小口地抿着啤酒,后来又小声地哼唱着歌。烧着炉子,火旺,毕毕剥剥,渐渐就暖起来。茉莉盯着她们三个,似乎隔着雾气,眉眼俱疏离模糊。想,她们都在县城,只有自己是村里的,大学是考不上的。可她们都无所谓,都有父母帮衬,找个好工作,嫁个好男人,都不是难事。可有谁能帮自己?难道像姐姐那般早早嫁个木匠,生窝泥孩,整日泡屎尿堆里?难免鼻子酸涩,连眼眶也湿掉。甜甜不停拿胳膊肘撑她。撑就撑吧,八成是高宝宝来了,来就来了,又能指望上他什么?过完年才十六岁,连声音都是女孩般。

抬头去看她们,才发觉在老甘身后站着个男孩。有点面熟,想了想,就是在一中表演时击掌的那位。他怎么来了?只有老甘不意外,她拍着男孩的肩说,喏,这个帅哥是我初中同学,高一亮,篮球队的。

那个叫高一亮的,直勾勾看茉莉。茉莉有些慌,不禁去拉甜甜的手。甜甜挠了挠她的手心。再去看他,他已拽了板凳径自坐下,慢声慢语地说,咦,老甘,请人吃饭,就这么寒酸?师傅,再来盘熘肝尖。

1992年大事记

1月18日到2月21日,邓小平视察南方,沿路发表一系列的有关改革开放的谈话,呼吁经济改革。邓小平指出:"不坚持社会主义,不改革开放,不发展经济,不改善人民生活,只能是死路一条。基本路线要管一百年,动摇不得。只有坚持这条路线,人民才会相信你,拥护你。谁要改变三中全会以来的路线、方针、政策,老百姓不答应,谁就会被打倒。"

4月3日,中国全国人民代表大会通过兴建长江三峡工程的决议。

9月30日,美国将它在海外的最大军事基地——苏比克海军基地移交给菲律宾。

******银河系科瑞娜星(距离地球120万光年)阿兹哥特人最伟大的诗人格伦所斯在朗读其新作《献给仲夏夜早晨我在腋窝里找到的一小坨绿色垢泥的颂歌》时,1321名听众死于脑颅出血。据悉此事件被认为是50年来银河系最惨烈的群体性死亡事件。

一九九七年

热死了,你在车里等着吧!茉莉对高一亮说,把吊纸给我。

来的人不多,巷口只停着几辆双排座。灵车还没到。断断续续听到哭声。茉莉知道甜甜夫家人不多,据说跟外界也并无往来。老甘和小五已经在巷口等她多时。老甘白她一眼说,你呀,真是肉死了,等半天了都!

这是茉莉第一次参加同学的葬礼,同学也不是别人,是甜甜。去年年初她结了婚,找的是港口的一个装卸工。婚后她急遽地肥胖起来。有天茉莉在斯大林街看到她,简直不敢认了。她套条孕妇穿的肥裙,笑眯眯的,虎牙又白又尖。那时她还没有怀孕。是从何时往来就寡淡了?一年也打不几个照面,只过年时姐妹们吃顿饭,去卡拉OK厅唱歌。通常不到九点,装卸工就骑着摩托车来接她,也不上来,只在楼下拼命按着喇叭。听别人说,她今年春天生了个女孩,不过两个月就死了,医生诊断是先天性疾病。孩子死后她忽然走路老是摔跟头,那么胖的一个人,倒在地上都爬不起来。丈夫陪她去北京看病,住了半个月。昨天,丈夫抱着骨灰盒回来了。

茉莉盯着灵床上的那个骨灰盒和照片。照片是高二那年夏天照的。甜甜那时还很瘦,盯着茉莉。茉莉不禁打个寒噤。她恍惚闻到了五香花生米的味道。她跟着老甘和小五在厢房随了两百块钱的礼,从进屋到离开半句话都没说,只是嘴唇不停哆嗦。她听到老甘埋怨道，装卸工连哭都没哭，只是见谁就跟谁诉苦，说自己倒了八辈子霉，一年内死了孩子又死了老婆。小五轻声轻语地说，还有什么舌头可嚼的？人都没有了，说别的都是假的，说完小声抽泣起来。茉莉只是死死咬着嘴唇。如果不是老甘搀扶着她，她早晕倒在地上了。

那天他们一起吃的午饭。他们很久没有一起吃饭了。老甘开了家鞋店，每个礼拜要跑市里进货，大包小包的；小五呢，在一家美容院给人做护理，常常忙到夜里。反倒茉莉最清闲，在家里煮煮饭，到街上逛逛，再喂喂猫喂喂狗，一天也就没了。

七月一号跟高一亮完的婚，日子她选的。高三那年她最喜欢听艾敬的歌，脸面清白的女孩总是俏皮地唱着，让我去花花世界吧，给我盖上大红章。一九九七快些到吧，八百伴究竟是什么样。一九九七快些到吧，我就可以去Hongkong。一九九七快些到吧，让我站在红勘体育馆。一九九七快些到吧，和他去看午夜场……那时候感觉香港很远，一九九七很远，可唱着唱着也就到了。高一亮没什么异议，大多时候，他仿佛是个哑巴。世界上怎么有这么不爱讲话的人？仿佛在那个寒冷的冬夜，小酒馆里，他把半生的话都讲尽了。

娘家对这门亲事甚是满意，虽说高一亮在城乡接合部，也是农业粮，好歹说起来是县城的，人长得清俊，又在县轧钢厂上班。对于嫁妆，茉莉起初并未介意。按当地风俗，嫁女儿是要陪"五大件"的：冰箱彩电洗衣机，外加空调和摩托。茉莉跟旁人打听了下，大抵如此，不过转念一想，家里没多少压箱底的钱，可毕竟是嫁到了县城，千万可不能让婆家小瞧，就跟她母亲商量，除了"五大件"，还想要一万块钱的陪嫁。母亲一愣，没说什么。茉莉晓得母亲定是为了难，可仍觉得委屈，晚上哭了半宿，嘤嘤嗡嗡，算是哭给母亲听的。翌日母亲出了门，说是去天津的姨妈家报喜信。茉莉更不遂心，眼看婚期到了，被褥虽缝制好，但杂七杂八的琐事也是一箩筐，还有闲心去姨妈家小住？想到不久前听小五计划的结婚仪式，要一水"桑塔纳"，电器都是"海尔"的，自己呢，电视是"红梅"牌，冰箱是"新飞"，婚车全是"夏利"，这心里就猫爪挠心。

不过三两日后，母亲从姨妈家归来，说结婚那天，姨妈家的哥哥姐姐都要来。茉莉想，那些满口天津话的连兄连姐能来，也算是给自己撑足了门面，又特意打电话问了问，是否能带些麻花和狗不理包子？虽说新亲们很少给男方带礼物，不过要是到时候狗不理包子上了宴席，那还真是够排场。姨妈很委婉地说，包子有什么好吃的，全是猪油，腻得慌。茉莉难免失望，觉得姨妈真是小气。邻嫁前夜，她正坐在炕沿上看着嫁妆发呆，母亲蹑手蹑脚过来，塞她手里个红包。茉莉惶惑着打开，却是齐整整的一万块钱，新的，冒着油墨气。她想问些什么，却什么都没敢问，只摸了摸母亲手掌里的老茧花。

高一亮呢，对她也是真疼。本来在步行街那家李宁专卖店当收银员，好好的，被他硬是逼着辞了。他不善言谈，对她的好也都体现在床笫。毕竟是体育队练过篮球的，常常一闹就是整宿，仿佛那玩意儿是铁打的钢锤的，只会越使越光亮。她喜欢他宽阔的肩膀，可肩再宽，总不如钱袋子宽些心安。就对他说，钢铁厂累死累活不过一千多块钱。不如把工辞了，贷款买辆大货跑新疆吧。你没听说镇上跑大车的，每年挣个十来万都是毛毛雨？

高一亮没吭声，不过第二天就去找他父亲要钱了。他父亲就这么个儿子，骨髓都砸出来，又从银行贷了十五万，这才买了辆大货。茉莉又说，你一个人跑新疆，我也不放心，不如找个知心知底的哥儿们，换着开，按月给他开工资就好。高一亮想了想说，黎江。

这个叫黎江的跟高一亮是发小，一块穿开裆裤长大的。话比一亮多，个儿比一亮高，腰比一亮粗，眼也比一亮大。或者说，他就是大一号的高一亮。两人就联系了配货公司跑新疆，去时拉着土豆茄子和钢轨，回时拉着棉花哈密瓜葡萄和肉苁蓉，反正路不能白跑，油不能白烧，过路费不能白掏，一个来回要五天六夜，回来时眼白也是红的。多爱干净的人，现在浑身臭烘烘，脚也懒得洗，在茉莉身上动着动着就安生了。茉莉摸着他的腰身，刚想说说话，鼾声先就响起。想刚认识那些年，精瘦如狗，眼亮如贼，如今也是腰里赘肉一把。

这样跑了四个月，就年下。算了算，不到半年赚了五万块。茉莉跟高一亮说，不如来年我们换楼房吧。平房冬天烧炉子，又脏又不安全，你不在家，我中了煤气咋办？高一亮"嗯"了声。茉莉说，老甘买了条金项链，戴着人都发光。高一亮说，买。茉莉说，人家黎江跟你忙活了小半年，任劳任怨的，明天我炒俩小菜，你请他来家里喝两盅。高一亮呷摸着她乳头说，中。

翌日茉莉早早就去超市买菜，烹虾炖肉，弄了满桌子菜。黎江跟高一亮一人喝了一瓶白酒，喝着喝着黎江从裤兜里掏出个盒子，说，嫂子啊，这是我从乌鲁木齐大巴扎买的玉镯，人家说是和田玉，也不贵，该过年了，算是兄弟的一份心意。茉莉去瞅高一亮，高一亮笑了笑，茉莉遂接过，说，难得你有这份心，嫂子敬你喝盅。黎江用眼风去扫高一亮，高一亮笑着说，喝。两人就干了。茉莉从来没有喝过白酒，忍不住咳嗽。黎江慌忙着帮她捶背。他手很大，不过拍在背上，软酥得很。茉莉说，没事没事，真是让你见笑。顺手捏了镯子盘眼打量。玉镯在白炽灯下烁着青光，透明如膏，茉莉就意意思思戴上，抬起胳膊晃了晃，问高一亮道，你觉得咋样？是不是太贵了？又定定看着黎江说，不如，你还是送给弟妹吧？黎江比高一亮小，可结婚早，孩子都两岁了，老婆是县第一小学的老师。黎江忙荡开茉莉的手，嫂子啊，值不几个钱，况且我也给她买了。茉莉搓弄着镯子，有点凉，久了，就温了。黎江说，嫂子，你也别在家老闷着，会闷出闲病。等哪天让我哥带你去趟巴音布鲁克，那个美呀，说实话，一看到湖泊里的白天鹅啊，我就想到你。

年底前，小五结婚了。茉莉向来跟小五不亲。男方不是那个长得像熊瞎子的财政局司机，而是司法局的一名干部。小五只是高中文凭，也没什么正经职业，竟找了个国家干部，茉莉怎么琢磨怎么觉得哪里不对劲。小五是长得好，可跟自己比还要差上半截。自己只找了个城乡接合部的而已。不过，还是坐了公共汽车到市里的新华书店，挑了套齐豫的CD。又问老甘，小五结婚，你给多少钱？

老甘瞥她眼说，你真是贵人多忘事，你结婚我给了五百，她当然也五百。茉莉嘻嘻着掐了掐她耳朵说，我以为你跟她要好，礼钱会多些呢！老甘说，你这个人，心比比干还多一窍。你们俩，是我这辈子最好的姐儿们，秤砣哪儿能轻一个重一个？茉莉有些走神，说，也不知道甜甜，在那边过得怎样。老甘想了想说，她那么乖巧懂事，大概在菩萨身边端茶倒水吧。再不济，托生个北京户口，住个四合院，将来嫁个部长啥的。

茉莉很郑重地给小五包了红包，里面裹了六百块钱。新郎长得比高一亮帅。

1997年大事记

2月22日，一群科学家在苏格兰宣布世界第一只克隆羊多莉已经在1996年诞生。

7月1日，中国政府对香港恢复行使主权。解放军进驻香港。

8月31日，法国时间凌晨4点，戴安娜王妃因车祸死于法国巴黎。

******仙女座星系食双星（这对双星的地球人编号是M31VJ00443799+4129236，两颗星分别是明亮且酷热的O型星和B型星）共有的行星索亚星球上的阿莫担人（他们的形状是类似地球动物黄鼬的八头生物，常年生活在水晶石山区）科学研究委员会，在经历了18万年的探索后，终于得出结论，数字 7 的后面是 8。

二〇〇三年

你俩怎么这么磨蹭？！茉莉对着手机嚷，黎江欺负我，婊子欺负我，连你们也欺负我！

小五嗳喏道，我跟老甘在斯大林街的劳保商店买线手套呢，马上就到。你别急，这种事着急顶用吗？

没错，着急有屁用。茉莉在停车场寻了个台阶坐下，越想越憋屈。她蹭起来，像专业运动员赛前热身般转腕、劈腿、捻脚，扭腰，最后屏住气，照着黎江的奔驰就是一脚。报警器刺耳地响，响得茉莉也心慌起来。她从花圃里捡了块石头，对着玻璃比画半晌。后来仔细盘算了下 4S 店的费用，石头又被她扔回花圃。花圃里缩着只瞎眼流浪狗，她就对它吼，滚！看什么看！流浪狗摇了摇尾巴，转眼窜入蓟草。

她绝计没想到，黎江会搞自家饭店的小姐。不仅搞了，还搞得这么专一。

一晃跟黎江结婚也四年，女儿都会唱《Super Star》了。当年她跟黎江也算是县城里的新闻人物。茉莉从未料到，自个儿会以这样一种方式成为人们茶余饭后的谈资。有天深夜高一亮从库尔勒跑车回来，把她跟黎江堵在床上。反正传闻是这么说的。反正这么传了，人家也就信了。有人问老甘是咋回事，老甘说，能有屁事！黎江去茉莉家送东西，正赶上茉莉吃饭，就喝了两盅，嫂子跟小叔子喝酒还有毛病？喝多了就眯了会儿，有啥可嚼舌头的！有人问小五是咋回事。小五说，清官难断家务事，还是关心关心你老婆吧。还有种传闻说，每当黎江休假高一亮跑车，黎江都去睡茉莉。睡了也不是一年半载，堵床上是迟早的事。

那段时间茉莉很少出门。婚是离了，高一亮还算有良心，没让她净身出户，分了她二十万。她都住老甘家。老甘新买的房，眼看也要结婚了，对象是国税局的科员，人比老甘还漂亮，是从部队转业的，在部队是文艺骨干，会唱《康定情歌》，会跳蒙古舞。老甘对茉莉说，你愿意住多久就住多久，你是我妹子，住一辈子也没关系。茉莉抱了老甘哭，哭也哭不出来。反正这种事，任谁也扯不清，张口就是错。黎江找过她几次，说也离婚了，要是她同意，他们俩就去民政局办证。茉莉想了三天，三天后跟黎江说，嫁就嫁吧，不过，我要办一场豪华的婚礼。当"豪华"两个字吐出来时茉莉一愣。如何的婚礼才是豪华的婚礼？她也搞不清。黎江摸着她的肩胛骨说，茉莉，我听你的，我现在听你的，婚后也听你的。我一辈子都听你的。

那的确是场豪华的婚礼。黎江不晓得从哪里租用了架小型直升机，把茉莉从她清河镇的娘家空运到了洞房。据说没有得到航空管制机构批准，被罚了五万块钱。茉莉穿着婚纱打开飞机舱门缓缓走下来，脖颈细长，风吹着白纱，倒真像是巴音布鲁克湖泊里的天鹅。那段时间，他们的名字简直比县委书记的大名还火，就像半年后，高一亮跟黎江前妻的名字被人们的舌头和牙齿咀嚼般。高一亮竟然跟黎江前妻结婚了！听到这则消息时，茉莉的瞳孔都绿了。

婚后黎江又跑了一年大车，当然是跟别人跑。茉莉说，别跑了，在县城里干点啥吧。饭店这么火，你也开家。黎江算了算，大抵要投个七八十万。茉莉想了想说，我手里有三十万，你拿去用，钱在手里攥着，永远都是死的。黎江愣了半晌后才说，他妈的，我能娶到你，真是祖上积了八辈子德！

茉莉只搂住他，一句话都没说。

如今茉莉也是一句话都说不出。初次听到黎江和小姐的传闻，她根本就没信。先是老甘说，茉莉啊，你长点心，我听人家说，黎江老带小姐去吃花酒，搂搂抱抱的。她只是笑了笑。男人风月场中事，向来做戏罢了，女人要认真，山西的醋厂也全都倒闭。后来小五也给她打电话，支支吾吾说，亲眼看到黎江跟女人去了宾馆，车就停在外面。茉莉这才觉得哪里委实不对，赶紧找了黎江的司机喝茶。

黎江的司机是茉莉亲戚，以前在县汽车站上班，后来下岗卖水果。饭店越开越火，黎江常常陪酒，茉莉不放心，就将亲戚找来开车。她瞅着亲戚，半晌才说，我妈跟你妈，可是亲表姐亲表妹。亲戚什么都招了，又解释说，之所以没及时向茉莉汇报，是怕茉莉伤心。再说这种事，亲戚赔笑道，不像前几年见不得光，被人骂被人笑话，现在啊，是笑贫不笑娼呢。你呀，睁只眼闭只眼算了，男人嘛，裤腰带都松得很。茉莉说，我眼睛小，闭不得，日后有了风吹草动，要是你不告诉我……她用水果刀将火龙果的肉片片削下，红汁顺着指缝滴答，落在雪白纸巾上。亲戚的汗就流下来。

今天亲戚报信，中午一点半，黎江陪银行的客人喝完酒后，跟女人又去了酒店，不是快捷酒店，是四星级的。茉莉寻思半晌，将老甘和小五唤过来。老甘手劲大，腿粗，当年的舞蹈老师说的。小五嗓子尖，喊起来整栋楼都能听到。她还特意叮嘱她俩每人戴副线手套，这样打人，即便骨头折了筋断了，单从皮肉也辨不出，派出所的也瞧不出来。她自己呢，只带了把剪子。王麻子牌，有些钝，她特意让后厨的大师傅磨了磨。

老甘他们终于来了，身后还跟着个小伙。老甘得意地说，这是她堂弟，在县电视台上班，他有台小录像机，正好可以派上用场，将来也能当证据。茉莉点点头，亮了亮手里的房卡。

他们打开房门。一个男人正将头埋在女人两腿间不停拱着。那是茉莉再熟悉不过的身体，他总是自豪地说自己是公狗腰。男人和女人大抵太投入，竟没发觉房间里又多了几名看客。小五的脸先就红了，忍不住咳嗽了声。男人这才猛然扭过头。在昏黑的房间内，黎江的脸看上去油腻腻的。他盯着茉莉，良久才颤抖着问，你……咋来了？

……

你要是难过，就哭吧。小五抚着茉莉的手细声细气地说。茉莉不吭声，她只是将头斜靠在小五肩上。小五肩窄，有种薰衣草的香味。哭出来就好了，人就这样，泪干了，就想开了，想开了,也就无所谓怨恨,小五说,你呀……当务之急还是想想,日后怎么办吧。茉莉仍是不吭声。

这是年后第一次来KTV。他们好久没唱过歌了。给我唱王杰的,茉莉说,老甘,给我唱王杰的。老甘就拿了麦克风在那里嚎,什么《一场游戏一场梦》,什么《红尘有你》,嚎完了盯着茉莉,不言语。这么多年了,她的声音还那么干,裂开了般,听上去像坏掉的音箱。

我操他叔的……他从来没有亲过我那儿……茉莉说,真的,他从来没有亲过我那儿。他说他受不了女人那个味儿……骗子……他从来没有亲过我那儿……我真该拿剪子把他剪了……没良心的王八羔子,他从来没有亲过我那儿……

这年春天,茉莉和黎江离了婚,老甘跟税务局的公务员结了婚。老甘的婚礼仪式有些简单。除了新郎新娘,几乎所有人都戴着白口罩。除了发喜糖,还给每位来宾发了十袋板蓝根冲剂。电视里说,这种叫SARS的严重急性呼吸综合征,光是在北京,就夺走了一百二十四条生命。广东人再也不敢吃果子狸了。

2003年大事记

3月20日,伊拉克战争爆发。

4月1日,香港乐坛天王张国荣因抑郁症复发于文华酒店坠楼,终年46岁。

10月15日,中国首次成功发射载人宇宙飞船神舟五号。

******银河系共瑞普星上的法瑞克人经过2的18次方实验（他们的飞行器是一种类似英国伊丽莎白时期的银质圆盘），终于发现地球人的灵魂（生前身体质量－死亡后身体质量－其他不可控因素质量）是制造顶级香水的最优质原料。

二〇〇八年

清晨送女儿去学校，都能碰到那个姓姜的男人。应该是个公务员吧，穿着夹克皮鞋，人有点黑，黑枸杞的那种黑，不过眼亮，玻璃球的反光一般。女儿上小学二年级，男人的儿子也上小学二年级。有次男人拉住茉莉问，我儿子说昨晚没留英语作业，是真的吗？茉莉看了看女儿，女儿就说，你儿子是个小骗子。你儿子不光骗你，还骗我们老师。男人的脸有些红，问道，小美女，他怎么骗老师了？女儿嘟着嘴巴说，他跟老师说，他爸爸是县长。茉莉就捂了嘴笑，又去瞧男人。男人嘿嘿笑了两声，问女儿，你觉得我长得不像县长吗？女儿说，如果你是县长，我妈妈就是省长了。

男人看着茉莉，说，每天都是你来送，真够辛苦的。

茉莉望着路上来往的车辆，半晌才道，习惯了，也。

跟黎江离婚后，孩子判给了茉莉。带了半年就有些烦，干脆扔回清河镇，命她母亲看管。母亲能说什么，被人指着脊梁骨说三道四的日子也惯了，也不会在乎村里长舌妇围着外甥女再盘东问西。女儿七岁了,才正式接到县城来。那几年茉莉没闲着,卖起了松花粉。松花粉是珍品,男人吃了肾好,女人吃了暖宫,她总是微笑着向顾客解释。顾客基本上都是熟人,或熟人的熟人,松花粉好不好也不打紧,反正吃了也不死人,倒是有个经常失眠的中年妇女,食后每日酣睡十多个小时,变得又胖又水灵。没事了就去老甘店里坐坐,老甘的店由一家开成了两家,由两家又开成了三家,税务局的丈夫也被她一咬牙换掉。按照她的说法,她实在受不了一个男人比她还温柔。第二任丈夫是县职教中心的体育老师,个子都快赶上姚明了,若不是大学时伤了脚踝,早进了国家队。茉莉觉得老甘老了,女人只有老了,才会变成话痨,才会拉着你的手不停絮叨着吃喝拉撒睡,公公婆婆小姑子。小五那边倒也安生,只不过听闻男人不让人省心,好赌,据说输了五六十万也有,已卖了处楼房还债。还有传闻说,男人停薪留职,去东莞当鸭子。小五从不说家里长短,也许会对老甘说吧。

  汶川地震后,政府号召捐款。茉莉他们松花粉协会也筹了银钱,托茉莉捐到民政局。在民政局门口,便遇到了姜姓男子。男人见到茉莉,忙整了整衣领,又悄悄紧了紧裤带,这才笑问道,你来这里有何贵干?茉莉说,我们协会捐了些钱物,让我送过来。男人说,你呀,不晓得我在这里上班吗?打个电话过来,我开车去拿好了。茉莉说,这点小事哪儿敢劳烦您呢,再说了,我也没你的联系方式。男人忙不迭地将电话播过来,又捋了捋额前头发,叮嘱道,快存上,以后这边有事,尽管盼咐我好了。

茉莉当然知道男人对她有心思。不过这几年，对她有心思的男人也多了。条件都差不离，不是离婚的就是丧偶的，年龄普遍比她大上四五岁。她最中意的是公安局刑侦队的一个副队长，见了三两次面，不过后来对方也不太热心，心想，肯定是听旁人说了什么闲言碎语，初次见面，是恨不得扑上来的。对于男人，茉莉自认为脉还摸得准，就像这个姜姓男人，那点小算盘在她眼前打起来委实可笑，又有些可爱。还好，长得算标致，不像这个年龄的男人，肚子驮着一袋米臀上驮着一袋面，况且皮鞋又总是擦得那么亮。

过不几天就有人来提亲，照片拿出来时茉莉歪嘴笑了。正是民政局的男人，原来叫姜德海。他老婆去年得癌症死了，自己拉扯着儿子。家原本是农村的，县城里也有房子。茉莉就跟老甘说了，老甘白了她一眼，说，都三十七八了还是个科员，能有什么发头？再说了，你愿意当后妈？后娘打孩子，那可是早一顿晚一顿。茉莉沉默了会儿说，他长得还不错。老甘冷笑一声，顶个屁用。你以前的男人，哪个丑？茉莉又去跟小五说。小五正在给客人文眉，她一直听茉莉在那里絮叨，后来她直起身去洗手。洗着洗着才骤然想起茉莉，恍惚着问道，姜德海赌钱吗？姜德海找小姐吗？茉莉摇摇头，小五说，只要男人不嫖不赌，嫁谁都是嫁。要是不想嫁，就找个相好的对劲的，暖不了心，暖暖脚也好。

就一来二往了。有时姜德海住在她这里，有时她住在姜德海那里。姜德海儿子是个鬼精灵，见了茉莉都是"妈呀妈呀"

地叫着,叫得茉莉心里毛茸茸。女儿跟他也能玩到一起,极少拌嘴。那天在床上问姜德海,你存了多少钱?姜德海亲了她一口,说,孩子他妈活着时,是个过日子的人,这些年,也攒了小二十,抛掉看病的钱,手里还落个十三四万。茉莉没吭声,姜德海说,等我们结婚了,我会把钱如数都交给你,你呀,就是我家里面的局长。茉莉说,算了吧,我不要你一分钱,各花各的,大事小情了,你出。姜德海犹豫着说,一家人还用算这么细?茉莉轻轻攥住了他,说,今天是一家人,谁能保证明天呢?姜德海呼哧带喘翻身上来,你说得对,你说得对,他咬着她的脖子吮吸。茉莉说,我先把钥匙给你一把,你想过来了提前打个招呼。姜德海覆住她,喉头嗯嗯着。茉莉闻到了他口中一缕一缕酸腐的气味。

　　婚礼定在了九月初八。茉莉还是喜欢秋天。秋天的风不冷不热,花儿也开过,空气中都是炒栗子的糊味。庄稼也都收了,骡子马的啃着青草,一切都那么肃静。老甘对姜德海一直不太满意。你还想我找什么样的啊?茉莉对着镜子说,你看看,你看看,眼角都有皱纹了。老甘啐道,装什么啊装,你十八岁时皱纹就满天飞。茉莉就俯过身去拧她皮肉,老甘嘎嘎叫着闪躲,躲着躲着忽然说,茉莉,我前几天看到高宝宝了。茉莉一愣,许久才仿佛想起来一般,说,他呀,都十六年没见过了,现在哪里高就呢?老甘说,听说大学毕业后留在了北京,搞影视。茉莉不说话了。茉莉不说老甘说,他到现在也没结婚,没准心里还惦着你呢。茉莉呸了声,说,狗嘴不吐象牙,他——过得还行？老甘说，你要想见啊，我倒可以帮你约一约，你也知道，他跟我弟弟是同学。

还真就见了一面。人挺多，有老甘和茉莉，还有老甘弟弟及一众同学。酒也喝了不少。高宝宝几乎还是以前的样子，娃娃脸，漂亮得像瓷器，虽只比茉莉小三岁，仍是少年模样。他坐在茉莉身边，两个人不咸不淡地聊着。他好像对茉莉过去的事情一知半解，但又忍着没有盘问。他说，茉莉啊，你可把我害惨了，暗恋你这么多年，如今连个女朋友都找不到。老甘一旁说，你是明恋好不好，记得那时你俩呀，老是钻黑树林。高宝宝说，要是有黑树林就好了，我们都是在雪地里乱走一通，那个年代的雪，下得那叫一个大。那才是真正的雪呢。又扭头问茉莉，哎，我哪里比不上高一亮呢？茉莉这才挤出点笑，说，你哪里都比他好，我才觉得配不上你。高宝宝说，这就胡扯了，胡扯了，要不是我中途转学，一直跟你耗着，早住进精神病医院了。茉莉端了杯白酒说，宝宝啊，你注定不是池子里的鱼虾，你是大海里的鲸鱼，我们都留不住你的。高宝宝扑哧一声笑了，说，没错，我就大海里的一条海带，批发价还不如大白菜。茉莉拍了拍他手背，没再言语。

酒喝到尽兴处，就乱了。酒桌上总会有那么个时候，冷静的人们倏尔疯狂，吆五喝六，猜拳划酒，再文静的人也会撸起袖子灌酒。高宝宝似乎也喝多了，他喋喋不休地讲着北京，讲着他拍的电影，讲着那些国际电影节。茉莉一部都没有看过。高宝宝也不介意，只是拉着她的手说，我们出去走走吧，热死了，我一点不喜欢夏天，夏天总是让我心烦意乱。

茉莉就拉了他偷偷离席。两个人先沿着斯大林路走了一圈。高宝宝提议去学校南墙那边走上一走，他说这辈子最难忘的事，就是在墙角跟她接吻。茉莉说，哪里有接过吻，你个子那么矮，只及我眉梢。高宝宝说，你呀，最是心狠，我也不怪你，漂亮女人都是毒品，碰不得。茉莉嗔怪道，我哪里有你狠心，我只是跟高一亮散了散步，你又是绝食又是割腕，我那么小，可真就吓坏了，更不敢见你。高宝宝沉默不语，茉莉他们就顺着马路走，走着走着就到了茉莉家。孩子去姥姥家了，屋里热得很，茉莉开了空调，打开电视。电视里正在直播奥运会开幕式。两个人就并排坐在沙发上。

看了会儿茉莉才恍然大悟道，今天是八月八号吗？高宝宝说，也许是吧，他妈的，一年年过得真快，竟然北京奥运会都开幕了，说着说着不禁去搂茉莉的腰，茉莉犹豫着掸开他的手，说，喝牛奶吗？冰镇的。高宝宝将她拽过，呢喃着说，喝什么牛奶，我想喝你的奶……说罢就将茉莉箍他怀里。茉莉有些发蒙，有那么片刻，她觉得自己似乎又回到了若干年前，她跟他，在墙壁上慌乱地拥抱，高宝宝不停朝她耳朵吹气，又热又痒。她还猛然想起甜甜曾经跟她靠着冰冷的杨树说话，劝诫她跟宝宝分手。你们是没有结果的，甜甜说……在高宝宝粗重、携带着麦芽糖气味的喘息中，她看到对面镜子里的门被打开了。姜德海抱着个西瓜站在门口，愣愣地盯着沙发上的两个人。当西瓜掉到地上时，红艳的瓜瓤四处滚将开去，一朵一朵的，仿佛他们家暮春时，落在庭院里的单瓣蔷薇。

2008年大事记

5月12日14时28分，四川省汶川县（北纬31度，东经103.4度）发生8.0级地震。

9月11日，"三鹿奶粉事件"爆发。

11月4日，奥巴马当选美国第44任总统。

******天狼星系索尔贡星球的玛雅塔釜人（气态生物）国会经过100年的起草、讨论、研究以及658512358次会议，终于做出裁决，非水质和蛋白质和脂肪和无机物生物，不可与非同类灵魂交媾并繁衍子嗣。此裁决被认为是120年来天狼星系最耻辱的裁决。在索尔贡星球首都玛丽安爆发了建立帝国以来最大规模的示威游行，18名玛雅塔釜人聚集在国会外的蒙达利克峡谷，制造了直径19876公里的圆形云层，导致首相大人没能如愿观看一年一遇的狮子座流星雨。著名歌星蒙妮在巨鳄蛋广场发表了名为《虽然我是一团雾但并不妨碍我跟金属男妓与有机男仆深夜畅谈维特根斯坦关于宇宙所有质数之和的猜想》的演讲（据传，内容实为蒙妮情夫、单句作家沈之连耶夫斯基代笔）。据悉，此演讲深受银河系总指挥部副指挥长激赏，并将演讲实况以电磁方式在986个恒星系统发行。此演讲极有可能获得该年度"博格利特英雄勋章"。

二〇一三年

许多年后茉莉还能想起那晚姜德海的样子：他躺在一堆西瓜瓤中不停打滚号哭。他的白衬衣立马就被汁水染红了，他并不在意。他可能只在意别人是否能听到他的哭声。他不光哭，嘴里还不停叨咕，他的哭泣声太过磅礴，茉莉听不清他在骂什么。她也没过去劝，反倒是高宝宝踉跄着过去，握着姜德海的手问，你怎么了，大叔？姜德海愣了愣，哭得就气力更大。高宝宝看着茉莉，茉莉说，你不用管他。姜德海听到茉莉这说，从地上爬起来，还没站稳就摔倒了，高宝宝想去搀扶他，姜德海一把打掉他的手，慢慢地、慢慢地站立起来。后来他一步一滑地挪到窗户前，猛地一下拉开窗户，自己蹲到台上。茉莉喊道，你疯了吗姜德海！快下来！姜德海喋喋怪笑两声，这才朝着天空喊，我老婆偷人了！我老婆偷人了！我老婆给我戴绿帽子了！我操他们妈的！茉莉将高宝宝拽到门口，说，你走吧。高宝宝说，这个人疯了，我怎么敢走？万一……这时姜德海扭过头对茉莉说，你想得美！我才不会跳楼呢！我马上要当副科长了，才不会为你送了前途！

每当老甘拿这件事开茉莉的玩笑，最后都会配上她的破锣嗓子喊句，我马上要当副科长了，才不会为你送了前途！茉莉也不恼，抹搭着眼将手中的牌稳稳抛出，不忘说句，糊了！

通常是礼拜五晚上，茉莉、老甘、小五和蔡伟，在茉莉的房子里打上整宿麻将。蔡伟是小五的表弟，麻将打得好，往往是赢家。不过即便赢了钱，也不会得意，只是叼着香烟说，在茉莉姐家，我是从来不会输的。老甘问为啥，蔡伟乜斜她一眼说，茉莉姐旺夫啊。茉莉就拍他一巴掌，说，小兔崽子，没学会拉屎先学会了占人便宜。老甘嘎嘎笑着说，可不是，茉莉可比你大一轮，再这么胡说，让茉莉真睡了你。蔡伟边点钱边说，这有啥不可以的呢，茉莉姐那么漂亮，这有啥不可以的呢。

这孩子是安监局的司机，女儿刚上幼儿园中班。眼白多，总是什么都不在乎似的。宽肩宽背，还有双桃花眼。一坐到他身边，茉莉的脊椎骨就像被谁抽了一鞭子。也不敢有什么想法，毕竟自己不惑之年了，即便闻着他的气味有星星点点的乱，还是能稳得住。蔡伟也没正经盯班，现在不许单独给领导配车，他闹个自在，间或单位晃上一晃，再正经忙自己的事情。他能搞什么？不过是放些高利贷，那次茉莉问小五时，小五眼也没抬地说，这个孩子，最大的优点就是不务正业，游手好闲，拈花惹草。你可小心了。

光小心是不行的。每次蔡伟来，茉莉都去买盒好烟，烟灰缸也洗得干净，摆他左手边。她倒喜欢他抽烟，跩跩的，随时起身去干大事的样子。那晚打到凌晨三点，都晕乎乎的，老甘和小五挤一个床，她自己一个床，蔡伟睡沙发。半夜起来如厕，见蔡伟只穿了内裤睡着，就拎了被单盖他小腹上。没承想他眼睛忽就睁开，在夜里也是两瓣桃花。他什么都没说，只是将她猛拽过去，裹在身下。未及挣扎，嘴唇早被他鳄鱼叼食般堵住。

茉莉盯着老甘跟小五的房间，唯恐有什么动静，自己连大气都不敢出。她听到蔡伟嘴里念叨，真紧啊，然后是一阵紧锣密鼓又沉闷的撞击……她被他压着，被他勒着，被他挤着，是喊也不敢喊，动也不敢动。他的胳膊肘夹着她，时不时蹭到她晃动的乳房，她隐隐约约地，闻到他身上传来一脉一脉的松树油脂的香味。

翌日醒来，人全走了，她一声不吭地收拾着客厅，下身有些疼，想起他无耻勇猛的样子，脸一阵红一阵白。吃了片安定，才睡了会儿。

不承想那晚蔡伟打来电话，约她吃牛排。说是台湾人开的，味道跟别家的不同。她说晚上还有个饭局，脱不开身……没等她讲完，他有些不耐烦地说，快下来吧！我在楼下呢，扯什么扯！

等她洗完澡化好妆下楼，蔡伟只是从车窗里盯着她看。她知道他在看，捋了捋头发，又装作寻找车子，眯着眼东瞅瞅西瞅瞅。这时蔡伟打了个响亮的口哨，她才恍然发觉他般，羞怯地笑了笑，迈着碎步撵过去。蔡伟说，姐啊，你穿旗袍，真有民国范儿，特别像《花样年华》里的张曼玉。茉莉说，你这孩子，家里是开蜂蜜厂的吗？蔡伟盯着她看，上上下下，左左右右，嬉皮笑脸地说，姐的眼睛，真是勾人呢。茉莉说，去你的，小小年岁油腔滑调，长大了可怎么好。蔡伟说，操，我东西还小啊？

吃完牛排，蔡伟又非要送茉莉回家。茉莉说，今晚孩子要回来。蔡伟说，不是上私立初中吗？今天又不是礼拜五，骗我啊？茉莉就拧着他耳朵说，你个小家伙，什么都瞒不过你。蔡伟哎呦哎呦叫着，说，姐姐一碰我，我就酥掉了。茉莉咬着牙说，酥了才好。蔡伟说，你这么一讲，我又硬了。茉莉哎了声，不晓得如何接话了。

其实也觉得荒唐，她自己倒好，独身，孩子也懂事了，可他呢，也没听说家里如何如何，跟自己这么着，无非是图个新鲜罢了。男人是如何的德行，她一清二楚。久了，够了，腻烦了，拔腿就走。知道是这样的理儿，躺在他肉上，闻着毛孔里松脂的味道，还是难免有些沉醉。她晓得，这种事情，女人总是吃亏的，可是，倒也无所谓了。

那蔡伟倒来得勤。老甘他们四个打麻将，他仍是从前德行，旁人一点瞧不出他跟茉莉有何瓜葛。倒是茉莉看他时，难免有些慌。茉莉想压住，可越想压住，越显得拙，越觉得哪里露了破绽。茉莉知道早晚瞒不过老甘和小五，可也不愿捅破这层纸。纸在，多少自在心安些，真破了，保不齐被他们笑话上几年。以前给蔡伟买二十块钱的黄鹤楼，现在倒是四十五一包的苏烟了。

一个礼拜三四晚都住茉莉这里。茉莉喘息着问，你怎么跟老婆交代的？蔡伟说，你关心这些屁事干吗？我待你这里一天，就是真的一天对你好。茉莉说，我是真心盼着你走，你走了，我才省心。蔡伟只是将她腿脚扛到肩上，闷头干活，噼里啪啦，一句话也不愿多说。

那天要去老甘店里，车水箱坏了，蔡伟开去修了，还没好，干脆打了辆三轮车。上了车,司机戴着口罩,也没吱声,到了老甘店前,她给司机钱。司机沉着嗓子说,算了。她说,那怎么行呢,你们也不容易。司机又说,算了。茉莉这才听得真切,心里一惊,不是高一亮又能是谁?她老早就听说高一亮跑车赚了钱,又去市里开饭店,后来又投资钢锹厂,结果赔个底朝天,跟老婆也离了婚。倒真想不到他开三轮车。她想说点什么,可看着他黑色的眼袋,被烟熏得发黄的牙齿,还真是哑了。高一亮摆摆手,头也没回就走了。坐在老甘店里,茉莉想到那年去他们班里演出,他拼命鼓掌的样子,他贼亮贼亮的眼,就不好受。跟老甘说,给我拿个镜子。

每天都要照的。镜子里的女人无疑是中年妇女了,再如何打扮,用什么牌子的眼霜,都有些力不从心的疲态。又想到蔡伟,到底麻麻悠悠的。

蔡伟这几天来得寡淡些。问了问,却倒是催账去了,茉莉忍不住问了句,利息怎么样?能收回来吗?蔡伟说,是银行的五倍,你说高不高?黑社会的兜底,你说钱收回收不回?茉莉想了想,说,我那里倒有几个小钱,方便的话也帮我去放利息好了。蔡伟说,放高利贷是有风险的,都是非法手段,你不要掺和这些,不定哪天出了岔子。茉莉点点头。蔡伟说,不过还有更稳妥的法子,你知道县里的线厂吗?茉莉说当然知道,都是私营的,不过听说利润不好的厂子,一年也四五百万手里稳攥着。蔡伟说,我的意思是,我能把钱拿到线厂投资,利息是银行的三倍,比不上高利贷,好歹稳当些。

茉莉想了半晌说，我这里有八十万，你明天拿走吧。

蔡伟瞪着眼说，操，你攒得还真不少！

茉莉说，养老钱总是要备的吧。蔡伟就搂了她，亲她脖颈。她怎么就想起来，黎江说她像巴音布鲁克的天鹅。这么多年，她从来没去过那里。问蔡伟说，你喜欢新疆吗？喜欢的话我们去那里旅游。

蔡伟说，这样吧，我给你打个欠条。利息呢，每个月付一次，我让他们直接打到你银行卡上面。

茉莉柔声道，你要是有空，我先把机票定了啊。

蔡伟说，妈逼的，到哪里找我这么好的小绵羊呢。

原来竟是那么远，先坐火车去北京，从北京坐飞机去乌鲁木齐，再从乌鲁木齐坐飞机到伊犁，最后还要报了团，坐了一天大巴。等他俩到达巴音布鲁克，都晚上六点了，导游先安排吃手抓羊肉和烤包子，又安排他们看土尔扈特回归歌剧。两个人都觉得冷，偷偷回了蒙古包，又是半宿未眠。凌晨起夜，茉莉盯着床上的蔡伟，不禁伸出手指摸他喉结，摸他胡须和眼窝。他哼哼两句翻身过去，她就从背后搂住他，摸他没有一丝赘肉的小腹，摸他宽阔光洁的脊背。她想，如果这样一辈子，她也愿意的。

翌日两人去了天鹅湖又去了九曲十八弯。天鹅湖里不光有天鹅，还有无数只白色水鸟，不远处的草原衬着更远处的雪山，让茉莉恍惚起来。在九曲十八弯两人骑了汗血宝马，回到住处，都有些筋疲力尽。茉莉说我洗个澡，蔡伟说，正好，我接个电话。洗完澡出来，却不见了蔡伟，以为出去买香烟了，也未在意。不承想半个时辰都没回来。打他手机，老是占线，天这么凉，只穿件单衣出去，别再冻个好歹，就披了绒衣出了毡房找寻，无果，又打电话，却关机了。这个小冤家，又玩什么把戏？嘟嘟囔囔回帐篷看电视，电视里演了什么是不知道的。思来想去难免心慌，联了导游，导游也是跟着一通乱找，却连个人影都没有。到了凌晨三点，仍关机，人也未归。茉莉就赶紧联系小五。毕竟是他表姐，没准儿知晓些什么，也顾不上小五是如何度想了。小五呢，大概正睡得香，听茉莉在电话里一通乌拉乌拉，也没反应过来，半晌才闷闷地问道，你跟蔡伟，出去旅游了？你们怎么会在一起呢？

茉莉对着电话，不晓得从哪里说起。饮了口大麦茶，冰牙，颤颤巍巍地说，松花粉协会搞的活动，多个名额，蔡伟闲得很，就跟着一块来玩了。小五说了些什么，她没听清。窗外那么黑，只有不远处的雪山顶是白的，似乎伸手就能摸到。她忍不住打开窗户，风硬，吹得她晃了晃。

就这么着失踪了。五天后小五陪着蔡伟的老婆去报了警。回来跟茉莉说，人不会有大事，他一个大老爷们，又比谁都精明，估计是生意上出了纰漏，跑路了。又说，你放心，你跟他的事，我不会跟任何人说。茉莉抱住了小五，浑身哆嗦。她从没觉得瘦小的小五，身子是这么暖和。又想到自己的那八十万块钱估计打了水漂，终于还是忍不住，没声息地哭了起来。小五说，有句话我不知当说不当说，你也老大不小了，别老挑三拣四，找个合适的结婚吧。我们隔壁老李,今年五十六岁,刚退休……

你他妈是咋了?老甘看到茉莉头脸不梳不洗,整日里穿着件皱巴巴的睡衣在客厅里望着楼下,不禁骂道。骂也就骂了,茉莉也听不到。老甘说,不如我和老牛带你去市里逛逛?凤凰山上新修了座庙,不妨去烧烧香,驱驱晦气。人老了,最好信点什么才稳妥。

老牛是老甘的丈夫,上任体育老师也被老甘休掉了。据说性子暴好动手动脚。这个老牛是镇上的人大常委会主任,走起路来四平八稳,可靠得很,老婆抑郁症,去年跳河死了。茉莉呆呆地盯着老甘,觉得老牛该是她最后一任了。你有什么想不开的?老甘说,长得好,有房有车有女儿,男人也不缺,还想咋?比我和小五的命好多了。小五呀,哎……茉莉挑起眼皮看了看老甘。老甘说,小五她男人,赌钱红了眼,挪用公款被查,跑路了。小五呀,还死撑着不离婚。这个傻女人,比驴都倔。听说前些日子,自己攒的私房钱,也都被蔡伟骗走了。哎,怎么会喜欢上这个渣男。

茉莉一愣,问道,啥?老甘讪讪地说,操,秃噜嘴了,哎,你也不是外人,说也没事,小五啊,跟蔡伟好了两年了。这事就你知我知,千万别跟别人讲。小五要是知道了,非把我剁成肉酱不可。茉莉说,你胡扯什么!蔡伟可是小五表弟。老甘瞥她一眼说,你激动个屁啊。表弟就不能跟表姐好?他们可都出五伏了。

茉莉浑身都起了鸡皮疙瘩,一个趔趄差点从高脚凳上跌落。

老甘说，你们这些傻逼闺蜜啊，都不让我省心，我的命怎么就这么苦。渴死我了，有水果没……茉莉就去厨房切西瓜，半晌才切好端出来，木木地递给老甘一块。老甘瞄她眼，想问什么，终是未问。两个人就面对面在客厅里啃起西瓜来，彼此能听到槽牙咀嚼瓜瓤的声响。

2013年大事记

******银河系共瑞普星上的法瑞克人决定于2138地球年进攻地球，殖民银河系最低等的单细胞动物，并将生产银河系和法塔索尔星系最昂贵的香水（据悉一瓶香水的价格将足以在宇宙尽头最奢华的么觅她餐馆享受0.1年的颞叶脑按摩）。

2017年8月25日于侎城

张楚，在《人民文学》《收获》《十月》等杂志发表过小说，出版小说集《七根孔雀羽毛》《夜是怎样黑下来的》《野象小姐》《在云落》《中年妇女恋爱史》等。现为天津作协专业作家。

曾获鲁迅文学奖、郁达夫小说奖、《人民文学》短篇小说奖、《中国作家》"大红鹰文学奖"、《北京文学》奖、《十月》文学奖、《小说月报》百花奖、《作家》金短篇奖、《小说选刊》奖、孙犁文学奖、林斤澜短篇小说奖、茅盾文学新人奖、华语青年作家奖等。部分作品被翻译成英、法、俄、日、韩、德、西班牙等文字。

失　重

马小淘

据说,每一个单位都有一个怎么吃都不胖的人。而很长一段时间,丁鑫鑫就是这个人。以至于,她潜意识里有一种安全感,觉得这一生无论遇到什么挫折,大抵也和减肥扯不上什么关系。她算不上魔鬼身材,也不是瘦得皮包骨头,只是参考她的饭量,她的胖瘦程度确实已经算是得天独厚了。

她硕士毕业刚参加工作那会儿,给单位那些年长女同事留下的第一印象不是工作表现,而是——这孩子吃饭真香。后来熟了以后,丁鑫鑫才知道,她们当时看她吃饭的样子,都以为她来自贫困家庭。据兄弟单位一个偶尔来开会,顺道在他们食堂吃过两次饭的记者说:"我吃过的最难吃的食堂,没有之一,就是你们单位的。"丁鑫鑫也深有同感，她从来不觉得她们单位食堂好吃，甚至也对把所有菜都做得模棱两可的大师傅怀有不小的愤怒，但是她还是会默默把饭吃完。她的饭量让她对饥饿特别敏感，即使吐槽也要先吃饱再说。领导第一次派她出差，她给接待方留下的第一印象也是，这姑娘不装，因为她非常认真地把每道菜都尝了尝。

这些年，丁鑫鑫在吃上，有一种无所顾忌的坦荡，反正她不追求惹火的身材，反正她又不会胖。

直到前年，她在三十岁的时候忽然结了婚。说忽然其实并不准确，男朋友是恋爱了四五年的旧人，不是和什么来路不明的人闪婚，所以大概用忽然是不合适的。两人有天忽然为鸡毛蒜皮的小事大吵了一回，下午和好之后男友何子平忽然发狠求婚了，两人就头脑一热去登记了。从婚姻登记处出来，丁鑫鑫才反应过来就这么成了已婚妇女。

发现自己胖，是照婚纱照的时候。丁鑫鑫花了近一周的时间看了各路婚纱摄影的样片和报价。那些舟车劳顿的旅拍是不考虑了，古堡花田之类过于严肃的也兴趣不大。终于找了一家端庄静美的工作室，到了拍照的那天，却发现旗袍、礼服穿上都有点紧，而她相中的两件婚纱都系不上扣子或者拉不上拉链，只好退而求其次选了另外的一款。

她原打算为了拍婚纱照减减肥，可是结过婚的同事都说是多此一举。婚纱照都是修出来的，不用你真瘦，你想要多瘦给你修多瘦。她的朋友董莎更是传递了错误情报，她说照相的地方衣服多得是，看起来脏乱差的，拍出来好看着呢。她说的是她的经验，她在影楼拍的，衣服当然多得是。可是丁鑫鑫选的是工作室，拿腔拿调的小作坊，强调特色和个性，没那么多婚纱礼服的存货。

"你们这些衣服，别人真能穿进去吗？"丁鑫鑫收着腹，在摄影助理的大力按压下，配合着拉上了礼服。

"能啊。我们这儿照相的新娘都有品位，没胖的。"摄影助理轻描淡写。

丁鑫鑫觉得自己的问题有点自取其辱。有品位和胖不胖是这个逻辑关系吗？她被勒得快要窒息了，终于拉上，肚子上层层赘肉默默试图溢出礼服。她能感觉到自己比过去胖了点，却没料到情况竟然已经如此紧急。

婚纱照从早八点拍到晚八点，一共四套衣服没一件是丁鑫鑫的第一选择。好看的她都穿不上，又有什么办法呢。选照片的时候，摄影师说不用考虑胳膊、腿、肚子，只看脸就行。选表情美的，其他都可以修，想变长变长，想变小变小。

一个月之后精修照片出炉，整体当然是美的，一万多块钱不到三十张。将近四百块钱一张的照片，总要有点化腐朽为神奇的意思，何况她本来也谈不上腐朽。但是有几张简直美得不像她了，手臂纤细，双腿颀长，嫋嫋一袅楚宫腰的极品身材，让她自己都有点不好意思。她和工作室的人说修得太过了，希望放出来一点，可是真放出来一点，又觉得还是修得过分的版本比较好看。两相对比，越瘦越美显而易见。她想起同事朋友圈里晒的自拍，肤色和本人差好几个色号，眼里塞着美瞳，通常是一个固定显脸瘦的角度。大家都会集体点赞，可是自拍归自拍，真人归真人，PS得再美，你也还是原来的你。她每每点赞之余，都会暗笑她们的自欺欺人。看自己婚纱照的瞬间，她忽然就有点理解她们了，哪怕是变美的幻影，也是如此地让人欢喜啊！

比较可怕的是精修的照片里，何子平没有多少变化，对比原片和精修图，丁鑫鑫简直是脱胎换骨，何子平倒是只做了微调，一副天生丽质的模样。何子平不帅，外形上最大的优势就是瘦。两条长腿塞进裤子，走进小肚溜圆脑满肠肥的人群，立马有种脱俗的感觉。丁鑫鑫竟有些不忿地嫉妒起自己的丈夫，妈的，他也那么能吃，怎么只有她胖了。

在此之前，她几乎没意识到自己已经悄无声息地多了不少肥肉。家里有秤，但是她极少想起来去称，她已经保持这个身材十来年了，并且是完完全全的无为而治。

丁鑫鑫看罢照片称了称体重，情况比她想象得要好一些。55公斤，对于身高刚过一米六的她，还是可以忍受的。虽说她也知道市面上正流行着一句：好女不过百。还有更恶毒的版本：体重三位数的女人没有未来！

丁鑫鑫望着体重秤上的55，心想不过尔尔啊，5公斤对她来说不跟玩似的，饿两顿就下去了。

但是饿两顿对别人和对丁鑫鑫不是一回事。多年来对食物敞开怀抱给了她一个舒展而庞大的胃，她不知道什么叫七分饱、八分饱,所谓七分饱八分饱不都是没饱吗?没饱的感觉首先是还想吃。她总是吃到十分饱才知道自己饱了,上一口也许可以总结为九分饱,但是不吃下一口她意识不到。

于是饿了两三天,瘦了二三两,丁鑫鑫的减肥告了一段落,家里又恢复了煎炒烹炸,她和何子平都是做饭上颇有心得的熟练工。工作日会简单些,周末,家里的烤箱、空气炸锅、面包机、砂锅、破壁机总是叮叮当当地运转着。甚至可以说,两人对生活的所谓默契,一大部分来自对食物共同的热情。据说何子平有个因不和分手的前女友,这不和里其实包括那女人不吃羊肉。每每看着丁鑫鑫投入地咬着他烤的羊排,何子平都会后怕地想,亏了没有和那些不吃羊肉的女人凑合啊。对于爱情,他还算能接受的鸡汤解释是:爱就是在一起,吃很多顿饭。

婚礼的日期近了,丁鑫鑫每天和婚庆为了各自匪夷所思的细节拉锯,却全然没把减肥提上日程。董莎和一个久未联系的大学同学都看不下去了。

"听说你至今没减肥。快减肥,新娘不该过百。"大学同学发来苦口婆心的微信。

"新娘还不该丑呢,那么多丑人不是照样结婚了。"丁鑫鑫振振有词。

"你不能对自己要求高一点吗?我去参加婚礼,就是为了看美,你要有担当。"

"如果新娘胖,你们可以背后吐槽啊!参加个婚礼都没什么可议论的,我也太不善良了。"

"减吧。减到一百以内,随一万份子。"

"不减。富贵不能淫。我就要气势磅礴地出来。又不是集体婚礼,就我一个新娘,不会有一个瘦子穿着婚纱来碾压我。婚纱都是大长裙子,真看不出胖瘦。你就别瞎操心了。"

丁鑫鑫确实没有减,但是婚礼的时候所有人都觉得她瘦了。董莎打趣说她是心机婊,嘴上逞强,其实偷偷减肥。大概是筹备婚礼太累了,各种烦琐的细节,桌花、路引花、椅背纱、甜品台、签到台、合影区……把这些乱七八糟都捋一遍,丁鑫鑫瘦了两公斤。其实不过是四斤而已,应该是看不太出来的,只是大家都会觉得新娘会瘦,就都心理暗示地看出来了。

婚礼过后,生活又进入日常,而丁鑫鑫的日常中,吃吃吃占了很重要的比重。她多年来没有什么宏大的目标,只是质朴地认为,没去过的地方都该去看一看,没吃过的东西,有机会要尝一尝。所以那短暂告别的两公斤,又悄然回到了她身上,它们对丁鑫鑫的忠诚,像孙悟空对唐僧一样——去去就回。真心是全然舍不得走远,说什么也要回到丁鑫鑫身上,不仅仅是两公斤,它们还呼朋引伴,又拽回来两公斤。新婚的丁鑫鑫就这样变成了一个114斤的少妇。当然,按照国际上的换算标准,无论是体重,还是体脂率都没有到超标的地步,如果把她归类为胖子,未免有些苛刻和矫情了。但是从审美的角度考量,这个体重真的让她变难看了。腰腹的赘肉让她尽量回避了紧身的裙子,腿上的橘皮组织让她远离了热裤,穿衣打扮上不再有原来的恣意和自由,买衣服时也变得思前想后。最最让她哭笑不得的是，越来越多的旧衣变得捉襟见肘起来。有一次被派去南方出差，临行前夜翻找凉快的衣裤。找出一条刚工作时买的短裤，原本宽松的短裤竟然变成了合体款，使劲吸气方可拉上拉链，再加把劲把扣子系上，原以为是大功告成，刚刚舒一口气，却听到啪的一声，刚刚系上的扣子飞了出去。丁鑫鑫只得穿着系不上扣的裤子循声去找飞出去的扣子。而后她恨恨地坐在沙发上，觉得整个人都不好了，从扣子的恶意，感觉到了全世界的恶意。她爸爸瘦，她妈妈瘦，她爷爷瘦，她奶奶瘦，她姥爷瘦，她姥姥瘦，她舅舅简直就是皮包骨头，她怎么可能基因突变，正风驰电掣地变成一个胖子？不是说胖瘦很多是由遗传决定的吗？如果说这么多年来她一直是被神偏袒的人，为什么忽然就被抛弃了？

而后这样的打击接二连三，比如去三年前去过的城市出差，迎上来的工作人员说，呦，几年不见，都生孩子了！比如，十一假期过后，丁鑫鑫坐在会议室门口，领导走进来迟疑了一下，啊，是小丁啊，我远看还琢磨谁呢，挺明显一个双下巴，小长假吃得不错啊！甚至有一次她去逛商店，试了一条项链。服务员热情地说，您戴真好看，特有气场，好多太瘦的姑娘戴上真不是那么回事！丁鑫鑫撂下项链转身走了。我就戴个项链，你还挤对我胖，谁说我不是太瘦的姑娘？觉得自己挺会说话呢，捧臭脚是让你假装不臭，你这抱起来高喊太臭了，臭得好，也是太没有职业道德了！这不是羞辱人嘛！最最夸张的是，有一次丁鑫鑫回娘家，快进单元门的时候发现爸爸在身后，她刚想问怎么不叫她,却看见爸爸脸上复杂的神色。爸爸说一直走在她身后,根本没认出是她,还觉得她的包挺眼熟。因为那背影全然不是一个小姑娘的,一看就是一个妇女。"你还是稍微控制一下吧,我对你的记忆还是一个拧啊拧的小姑娘的背影,怎么变得现在这么壮观了!我对你没太多的要求,就希望可以从背后认出你!"一个认不出自己女儿的父亲,毫无愧色,还坚持补刀。

终于促使丁鑫鑫下决心减肥的还不是以上的暴击,而是虎子。

虎子是丁鑫鑫和何子平的狗。准确地说,是两人鬼使神差养下来,请神送不了神养的狗。刚谈恋爱的时候俩人去花鸟鱼市场闲逛,本是毫无目的,却糊里糊涂买了只狗。两人的生活好像一直如此,本是去市场消遣,却花钱领回来一只祖宗,本是情绪激动吵个架,竟然迅速和好把结婚证领了。

那时候两人还没有同居,在市场卖狗的摊位起哄砍价,竟然狗主人就同意了。于是,两个碍于面子的年轻人,不得不为嘴欠埋单,交钱,领狗。丁鑫鑫和父母同住,狗只能养在何子平租住的房里,两个彼时感情并没有多深厚的年轻人,开始了科学育狗的生活。丁鑫鑫想给狗取名 Colin,虽然没有什么特殊含义,却也确实是左思右想拿出来的意见。何子平也并未表示异议,于是小腊肠被正式命名为 Colin。然而两周之后,何子平的母亲来访,待了十天,狗就变成了虎子。你再叫它 Colin,它无动于衷,非常茫然。何子平的母亲以唠叨和大嗓门纠正和覆盖了狗的记忆,它只知道自己的代号是虎子。丁鑫鑫气不打一处来,这么个小不点腊肠,哪像老虎?干吗非要改成土狗气质浓重的虎子?为什么要把这么楚楚可怜的小家伙更名为山大王一样的虎子?简直是张冠李戴。才来了十天,就敢颠覆我的统治!她想通过不懈的呼唤拨乱反正,可是又觉得狗太可怜了。偶然从市场抱回来,还没有适应新的环境就被先后叫了两个南辕北辙的名字,再改回来简直要精神分裂了。搞不好会变成一只哲学狗,每天思忖着:我是谁?我到底是Colin还是虎子?

于是,丁鑫鑫只是和何子平念叨了一阵对新名字的不满,并没有为难狗——虎子。她只是不自觉地不想喊那个名字,尤其是在户外。遛狗的时候,她总是鬼祟而斯文,她不想路旁经过的陌生人知道前边那个欢脱奔跑的腊肠有一个彪形大汉的名字。或者说得更准确一点,她是不想让人知道她的狗叫作虎子。

一晃虎子四岁半了,据说狗的四岁半相当于人的三十岁,正是青壮年。也就是说,虎子用了四年多的时间长成了与丁鑫鑫齐头并进的年纪。巧合得简直有些荒诞的是,他们也面临着共同的问题——减肥。虎子在不知不觉中变成了一只超重狗,原本无辜可爱的小脸变得竟有几分肥头大耳,脖子上胖出了褶子,肚子下边的肉松弛而肥硕。冥冥中何子平妈妈取的名字暗示了它的未来,它越来越像它的名字,土肥圆的虎子。

大概是伙食太好了吧,丁鑫鑫和何子平煎炒烹炸的时候,它总是谄媚而渴望地扑闪着大眼睛,所以米饭蔬菜排骨火腿它都是吃过的。当然他们知道狗粮才科学健康,可是看到虎子馋得可怜兮兮的样子总是守不住原则,只要不太咸,就给它尝尝。周末会煮一些鸡肝给它换口味,平时也会买一些狗零食。每每何子平的父母来,更是百无禁忌,恨不得给虎子加把餐椅让它上桌。丁鑫鑫说不能给狗吃菜,太咸了,对它的肾不好。何子平母亲的回答是:过去没听说过狗粮,所有狗都跟着人吃,肾也都好好的。类似的理论还有很多,都是以过去开头的,诸如过去的东西没有保质期,恨不得买一次饼干吃半年,也没见谁食物中毒。现在的人动不动就扔东西,说什么过了保质期!丁鑫鑫每每只好眯着,毕竟她战斗不过那个一切都没有问题的过去。

过去好像也没有肥胖问题,大部分人都吃不饱,没谁矫情地需要减肥。可是今非昔比,大街上走着一堆瘦得要死的姑娘,电视里铺天盖地的减肥茶塑身衣,很多瘦子都在拼命减肥,何况丁鑫鑫和虎子是切实地面对着体重超标的课题。

虎子身上已经毫无少年感,一副憨态可掬或者说尘埃落定的中年模样。丁鑫鑫发现,它不再像以前那样喜欢撒欢地跑,慢悠悠的步伐甚至还有些气喘吁吁。一开始,丁鑫鑫的担心是审美的,只是因为丑。她原本不想带着一只长得好看名叫虎子的狗散步,现在竟然要带着一只看长相就大概叫虎子的狗。要是斗牛、松狮、萨摩耶胖也就算了,毕竟就是富态的品种,一个腊肠发福真是毁灭性的打击,本来腿就短,再一胖,全部颜值丧失殆尽。后来,丁鑫鑫就没心情担心好看不好看了,宠物医院的大夫说，再不减肥，心脑血管疾病、糖尿病、高血压、脂肪肝、关节炎、骨折、皮肤病都可能找上门来。肥胖就是亚健康，亚健康什么病都容易得。

医生建议，要用四个月到半年的时间让虎子慢慢瘦下来。要吃减肥狗粮，杜绝高热量零食，适当地增大运动量。听起来和人减肥一样。

如果说虎子有什么不爱吃的东西，那便是狗粮。和鸡肝、肉干各种零食比起来，它最不爱吃的就是狗粮了。如今的减肥狗粮，是狗粮中的狗粮，据说里面粗纤维多，脂肪少，狗吃了会增加饱腹感还不会囤积热量。可是显然虎子是不喜欢粗纤维的，一开始它根本拒绝食用，仿佛受了莫大的委屈，不解地盯着食盆里的新品种。它像一个任性的孩子，以绝食的方式抵制着减肥运动。何子平动了恻隐之心，想换回普通狗粮。丁鑫鑫坚决制止了他，虎子已经不是普通的狗了，它是被宠物医院下了通牒的胖子。纵容它瞎吃就是害它。丁鑫鑫想起那句老话：惯子如杀子。虽然她从来不曾把虎子称作自己的孩子，每次听到养狗的人说什么我儿子昨天又如何如何了她都有些不舒服。喜欢归喜欢，但狗就是狗，她无法含情脉脉地把它当作儿子。

"不能再害它了，不管它怎么撒泼打滚摇尾乞怜，都不能给吃乱七八糟的东西。"丁鑫鑫严肃地叮嘱何子平。

"怎么就是乱七八糟的东西了？我只是要给它吃点普通狗粮。别人家狗都吃普通狗粮，不都活得好好的。"何子平摸着虎子的下巴。

虎子的表情有微妙的变化。它知道何子平为它说话了,也许事情会出现转机,好吃的就要回来了。丁鑫鑫知道它可以听懂,这么多年狗不是白做的,普通话还是听得懂的。

"它不是别人家的狗,它是我的狗。即使不叫Colin,即使叫个二百五的名字。我也不许它死在吃上。"丁鑫鑫颇有些掷地有声地说。

"问题没有你想得那么严重。狗意识不到它在减肥,对它来说就是主人变了,对我不好了。狗面对的不是减肥的成功或者失败,而是它到底做错了什么,被这么惩戒。你要考虑它的感受,循序渐进,它也不是一口吃成胖子的,要给它时间适应,要做好心理建设。"

"等它适应了,高血压、糖尿病、心脏病都来了,到时候它骨折了,只能凄凉地看着别的狗跑,默默无语两眼泪。它的生命本来就比我们短,它现在相当于三十岁,很快就变成五十岁。它本来就没我们活得长,你还看着它作死,活更短吗?赶紧减,必须减,防患于未然,你不想你的生活是肥胖的我抱着肥胖的它吧?我和它一起减,互相监督,从此走向人生和狗生的新巅峰。"

"虎子倒是不难,你我倒不太看好。"何子平用一种极小又基本保证丁鑫鑫可以听到的声音嘟囔。

"我们走着瞧。"

虎子大概是听出了丁鑫鑫语气里的坚决,又似乎是嗅到了死亡的气息,表情忽然黯淡了下来。没有等来松动,却收获了一个胖子对另一个胖子满满的恶意。它燥眉耷眼地走向食盆，悲伤逆流成河，开始了和减肥狗粮亲密接触的日子。

丁鑫鑫为了瘦身开始吃起了沙拉。各种蘸了油醋的菜叶子，吃一次两次还挺新鲜美味，吃多只觉得自己在吃草。低脂肪高纤维，每次听到这几个字以及和它相关的燕麦、糙米，以及新近学到的藜麦、奇亚籽……丁鑫鑫就气不打一处来，这些所谓的健康食品吃起来好像马饲料，那种粗糙，那种乏味，她真是无法持之以恒地坚持。有生以来，第一次觉得吃东西是这么无趣的事情。薯条、炸鸡、蛋糕，她想念那些高油高糖那些和脂肪联系在一起的酸甜苦辣。那些东西太好吃了，如今回想起来，各种虚幻又真切的味道涌上心头，真是当时只道是寻常。丁鑫鑫第一次不得不承认，自己馋。

减肥狗粮应该就是狗吃的沙拉，虎子也丧失了往日进食的欢愉。吃饭的时候心不在焉，其他时间总是想尽办法撒娇讨食。甚至有一次它呜咽地缠着丁鑫鑫讨食，丁鑫鑫恨铁不成钢地踢了它一脚。踢完之后她有些后悔，想摸摸它表示歉意，却又有些犹豫。人与狗犹疑地对视，都露出尴尬的神色。

那段时间真是人也不开心，狗也不开心。傍晚，经常看到无精打采的丁鑫鑫带着了无生趣的虎子在楼下遛弯，他们相顾无言的样子，像默片的一个片段。都说宠物养久了会和主人越长越像，现在的丁鑫鑫和虎子确实有几分神似——两个不太开心的胖子。

医生建议早晨增加一次遛狗，增强虎子的锻炼，然而丁鑫鑫和何子平都起不来，本来早晨就要上班，再早起半个小时实在是勉为其难。问医生晚上遛弯再增加半个小时，两次一锅烩行不行。医生说怕走得时间太长虎子会累，毕竟它现在是胖狗，负担比较重。

既然不能迈开腿，那就更要管住嘴。只要丁鑫鑫在家，她就常常机警地盯着虎子，严防死守不让它偷食。据说有一次虎子铤而走险差点咬破了丁鑫鑫的手指，她不仅没有给它吃，还抓起一个娃娃朝它砸去。曾经最最甜蜜的主仆关系，因为一口吃的轻易陷入了冰点。何子平回家的时候丁鑫鑫和狗都骂骂咧咧地扑向他，好像在抢占第一时间的发言权。只是丁鑫鑫占了物种的便宜，何子平听她说话比听虎子的容易。他先安抚了丁鑫鑫，又在睡觉前浮皮潦草地拍了虎子几下。他不敢有大的动作，以免引火烧身。

说万事开头难也是可以的，丁鑫鑫和虎子吃低脂餐和减肥狗粮都没有什么立竿见影的效果。反倒是何子平又瘦了一点。多年来他都食欲旺盛身材纤细，刚跟着丁鑫鑫吃了两天草，就一马当先地瘦。想想简直要气死，看着何子平平坦的小腹，丁鑫鑫咬牙切齿地呼唤他为心机 boy。

"给你一个礼拜时间，体重必须上到一百四。"

何子平一米八二，和丁鑫鑫一起胡吃海塞这些许年，丁鑫鑫长了二十斤，他却只浮动了三五斤，只要稍微饿两顿，立马又会回到基本点。

"一周之内不涨到一百四我就和你离婚。"

一开始,丁鑫鑫羡慕嫉妒恨地对着何子平叫嚣,后来发现两人似乎失去了这样打情骂俏的基础。何子平脸上逐渐流露出一种极力掩饰的嫌弃和压抑。厨房里不见了丁鑫鑫忙碌的身影,何子平也没有只为自己做饭的兴致。于是,丁鑫鑫吃沙拉,何子平要么跟着吃沙拉,要么下班带回来点包子、饭团,或者叫外卖。丁鑫鑫忽然发现,两人的交流方式其实一直单一,除了一起乐此不疲地吃饭,并没有什么其他共同的兴趣。从同居到结婚,一直是下班一起做饭,偶尔商量着出去吃点什么。吃饭的时候顺便说说单位里发生的事,谁很讨厌,谁又去哪儿玩了。周末无非是一起做饭,三餐之间,丁鑫鑫看电视剧,何子平打游戏。这一下子开始减肥了,丁鑫鑫和何子平的生活好像全无了交集,他们更像一对合租房子的室友,各上各的班,各吃各的饭,井水不犯河水。

所以,何子平真的害怕离婚吗?

这么随随便便结的婚,随随便便离了倒也是另一种善始善终。

何子平睡觉的时间都变早了,如果不需要大张旗鼓地吃饭,晚上的时间还是挺宽裕的。做一点白天遗留的工作,或者上上网,看家里那个为了减肥唉声叹气的女人,和为了一口吃的斜肩谄媚的狗,这一天就算过去了。家庭生活变得简明扼要——减肥。他有时候会趁丁鑫鑫不备偷偷给虎子一点吃的,他其实一直觉得在虎子减肥的事情上丁鑫鑫有些偏执,入戏太深,她好像戒疗中心铁面无私的医生,把虎子当成了毒瘾难愈的病患。

一条狗也要按照标准体重过一生吗?那么多胖子不是也活到七老八十。她自己减肥雷声大雨点小,把狗闹得面黄肌瘦。

她一周的晚饭都是沙拉,瘦了一斤。中午单位食堂被公论为猪食的饭菜都显得好吃了,毕竟地沟油也是比沙拉香的。她还跟着 iPad 跳郑多燕,十几分钟挥汗如雨,内心极度煎熬,每一个细胞都哭爹喊娘。很多运动爱好者说,运动会让他们快乐,甚至有一种看起来很科学的观点是,运动会促使分泌多巴胺,而多巴胺让人快乐。丁鑫鑫不知道自己分泌多巴胺了没有,反正她感觉不到丝毫的快乐。跟着屏幕里的人抻拉、跳跃、踢腿、扭胯,她觉得难受极了,像中学体育测试跑八百米,那种疲惫和无力,几乎可以称之为绝望。那种大汗淋漓真的不快乐,如同整个身体都在流泪,那些汗水其实都是眼泪,是一个胖子无处不在的屈辱的眼泪。当然,丁鑫鑫其实也明白,这种难受都是因为她运动太少了。运动当然是好的,只是她不喜欢。

还有其他的困扰,比如朋友聚餐。丁鑫鑫之前顶讨厌那种聚餐时东不吃西不吃,好容易吃点什么还要涮一轮水的女的,她觉得她们矫揉造作到了极点。如今自己也变得有点进退两难,吃吧,在家的坚持可能都白费了,瞬间破功。不吃吧,面对一桌子食物她确实蠢蠢欲动,感觉久别重逢的不是朋友,而是菜。外加上自己减肥并没什么看得见的成效,还没有缺斤少两,依然是个庞然大物,一个节食的庞然大物看起来是不是有点滑稽,都没吃什么,还一点不瘦,真是丢人现眼。于是,家门以外,丁鑫鑫还是吃的,她以为那不是因为馋,而是为了尊严。她不能让人觉得她什么都没吃就胖,那听起来像个倒霉的人!

可是每每敞开怀抱吃一顿,体重就会做出迅速的反应。甚至有一次她和董莎吃了一顿烤肉,第二天涨了二斤。吃也没吃进去二斤啊,涨得也太不讲道理了。

"谁规定的啊?我为什么不能进啊?"一天半夜,丁鑫鑫在睡梦中呜咽着。

"怎么了,鑫鑫?"被吵醒的何子平摇醒了半睡半醒的丁鑫鑫。

"我梦到一个巨大的桃子,像房子那么大。我走进去,桃子里全是蛋糕,我拿起一块想吃,一个穿着黑色袍子的男人冲出来,抢走蛋糕,他说我超重了,不能吃蛋糕,也不配进桃子。"

"你想太多了吧,减肥不是那么严重的事情。"

"对于瘦人,它不仅仅不严重,甚至不算个事儿,但是对我不一样。你不能体会我走到街上的羞愧,全世界的人都知道我胖。"丁鑫鑫依然带着哭腔。

"没有全世界在关注你。我不觉得你胖就够了。"何子平也不清楚自己是安慰还是嘲讽,他不解一个胖了几斤的女人为什么会把自己面对的鸡毛蒜皮上升到全世界。

"我减肥不是为了你。我是为了自己好看。"丁鑫鑫不阴不阳地翻了身。

何子平觉得自己没必要接茬儿了,人家话不投机半句多,咱也保持沉默吧。这时候虎子默默出现在卧室门口,减肥以来它的步态也轻盈了许多。它大概是被吵醒了，昏暗的夜灯下，何子平看到虎子静默的身影。它没有叫，审慎地站在门口，以一种前所未有的表情注视着他们的双人床。那是参观烈士陵园的表情，哀伤、肃穆，又有畏惧。

丁鑫鑫继续睡了，但愿她继续的梦里，可以被允许走进大桃子。何子平却有些失眠，他感觉自己置身电影情节或者电子游戏，和传说中应该庞杂繁复的生活好像隔着什么，新婚生活需要面对的竟然只有减肥这么一个主题吗？难道是打怪升级？打过减肥的怪，才会看见更古怪严峻的未来。

他想自己是不是为丁鑫鑫做得太少了，好像一个旁观者没有给予应有的支持和呵护。第二天，何子平送了丁鑫鑫一张健身卡，他认为节食其实有些愚蠢，如果非要瘦也要靠锻炼。丁鑫鑫接过去的瞬间，并没有何子平计划中的欣喜，她并不是太买账，她希望何子平在精神上支持鼓励她，却并不想他这么切实地参与到她的减肥事业中来。相比健身卡她更喜欢他前几天下班路上在过街天桥随手买给她的卡包。麻布的卡包赫然绣着四个红字：日渐消瘦。她接过去的瞬间乐出了声，轻轻在何子平脸上亲了一口。这就是精神的鼓励，有趣味，有讨好，还一点不压迫。健身卡就不一样了，送健身卡好像直白的警告，你太胖了，该锻炼了。

卡既然买了，去总是要去的。坚持了大概十次，丁鑫鑫没有哪怕一秒体会到了所谓运动的快乐。她感受到的只是无奈，和肥肉作战不得要领的无力感。十次之后会所所在的楼热水管线检修一个月，无法供应热水，会所贴出了致歉公告，因为不能洗热水澡，将所有会员卡延长一个月会期。看起来似乎是没什么损失，差你一个月，补你一个月。但是对丁鑫鑫可是致命的，好容易说服自己坚持的，就这么被生硬地打断了。就是何子平说的那个词，心理建设，等一个月热水恢复了，还要给自己做一轮心理建设。

热水回来了，丁鑫鑫却再也不想去了。她想到那些跑步机上狂奔的身影，就觉得一切太无趣了。于是她订了排毒果汁。三天的果汁，六百块钱，代替正餐，号称轻断食可以帮助身体排毒、促进肠胃排空。冷链派送的果汁送到家里，五颜六色，带着序号，像一排各司其职的士兵，丁鑫鑫感到一种严酷的气息。她需要严格按照序号在规定时间把它们依次喝光，并且不吃其他东西。

第一瓶第二瓶还凑合，喝到第三瓶她就有了逆反的情绪。真是花钱找罪受，六百块钱干点什么不行，非要买这么一堆幺蛾子。好死不死熬到了晚上，丁鑫鑫被饥饿搞得异常烦躁。遛狗归来，何子平瘫到沙发上看电视，顺手撕开一包薯条三兄弟，那是丁鑫鑫的挚爱，经常不知不觉干掉好几袋。她看着他一根根把薯条塞进嘴里，脚趾还不由自主地晃动。而她只有一瓶果汁可以喝。她焦虑地在屋里转了几圈，发现何子平脚搭在茶几上，手里已经换成了一包芝麻糖。她看着他精瘦的模样，忽然恶从胆边生，想给他一巴掌⋯⋯

丁鑫鑫撑过了三天，竟然有了一种刑满释放苦尽甘来的感觉。她想起郭德纲的相声:好些天没吃饭了,看谁都像烙饼。她一点也没感觉到断食的净化,只觉得整个人既恍惚又暴躁,饥饿的感觉第一次那么具体,像一堆小虫子啃啮着她。第二天晚上她眼冒金星,根本睡不着觉,一遍遍看着手机里的外卖软件。我不点,我就看看。蒸羊羔,蒸熊掌,蒸鹿尾儿,烧花鸭,烧雏鸡儿,烧子鹅,卤煮咸鸭,酱鸡,腊肉,松花小肚儿,晾肉,香肠,什锦苏盘……最后根本不记得自己是怎么睡着的。喝酒会断篇,太饿了也会吗?

三天瘦了三斤,没有什么可振奋的。毕竟是断食的三天啊,忍饥挨饿换来的也不过就是三斤。而且这样的三斤,大概一吃就要反弹吧。何子平对排毒果汁嗤之以鼻,他讽刺地说喝果汁减肥,还不如烧香拜佛。迷信不如迷信得彻底一点。三天不吃饭肯定会瘦,但减少的一定不是脂肪。

三天之后重出江湖,只能喝一点粥,毕竟是空了三天的胃,大鱼大肉的刺激大概是受不了的。丁鑫鑫默默盘算是第五天还是第六天放个大招,是吃顿火锅还是来个日本料理,但这种想本身也是一种煎熬。不吃吧,感觉浑身上下好像连头发都想吃。吃吧,那清汤寡水的三天果汁岂不是白费了。丁鑫鑫进入一种摇摆不定的挣扎——吃还是不吃,这是个问题。她是十万火急全心全意地想减肥,但是她奸懒馋滑的身体不配合,很拧巴。王尔德说,我可以拒绝一切,但就是无法拒绝诱惑。自从减肥以来,食物成了这世界上对丁鑫鑫最大的诱惑。

"晚上不如我们去那家新开的牛排店吧。"丁鑫鑫几番反复,给何子平发了微信。

"已经答应了大学同学,去喝酒。"何子平回复。

除了刚谈恋爱那几个月,平时他们很少在白天联系,工作时间都一副一心扑在工作上的自律模样。丁鑫鑫也不清楚,她对何子平的邀约到底是因为自己馋,还是想修复夫妻间的默契。她觉得自从不正经吃饭以来,与何子平也有些疏远了。

"何子平去喝酒了,我偷偷给你吃点牛肉干,你会感动吗?"

丁鑫鑫抱着虎子,本以为它会激动地摇尾巴。虎子却表现得非常淡定。它看都没有看她一眼,懒散深邃地目视着前方。丁鑫鑫不甘心地挠了虎子几下,它却只是迟缓地抬了一下前腿,好像在说,我知道你是开玩笑的。

"人间只道黄金贵,不问天公买少年。"何子平是嘟囔着回来的,"你知道你为什么胖吗?因为你老了!老了就是吃一样的东西,年轻人不会胖,老人就会胖……敌军围困万千重,我自岿然不动。我也会老的,我老了也岿然不动。可是不胖也老,嘿嘿嘿,所有人都会老。虎子也老了,谁也跑不了,都他妈的跑不了。"

嚷嚷了一阵他就睡了,睡着三秒就开始打呼噜。丁鑫鑫帮他摘掉眼镜,看着他的头歪着,吐出热气,伴着陌生的呼噜,她捕捉到一种发霉的味道,一种幻灭感。是啊,我就是老了才胖的。窗帘没有拉严,有惨白的月光渗进来,她看着身边的男人,虽然瘦,还是让人想到粗俗的野兽。那一瞬间她感受的东西太过真实,难免索然,甚至带了点沧桑。沧桑不一定是凄凉,沧桑有时候是安定但是坚硬——结婚,变胖,不再是吉祥物般被宠爱的年轻人,就如同她希望虎子是一只沉着精干的中年狗,周围的人也希望她慢慢变成沉着精干的中年人。

第二天是周末,睡到自然醒的何子平焕然新生,不见宿醉的痕迹。下午他问丁鑫鑫要不要逛商店,或者去她昨天提到的牛排店。

"穿什么都不好看,我还是想努力穿回原来的S号。牛排也算了,让我孤独地吃草吧。"丁鑫鑫少气无力地回答,她这一整天都横躺在沙发上,像一尊没什么艺术感的雕塑。

何子平带虎子遛弯归来时拎着两听啤酒和二十串羊肉串。他从冰箱里拿出一盒哈根达斯递给丁鑫鑫。

"送回去。"

得到丁鑫鑫教导主任式的回答,他知道自己马屁拍到了马腿上,只好讪讪地送了回去。

他打开电视,球赛马上就要开始。喝酒、撸串、足球,这就是周末该有的样子。他大骂厄齐尔错过了那个单刀的时候,并没有注意到丁鑫鑫正愤怒地盯着自己。

"你可以别吃了吗?"一个声音冷冷地传来。

何子平从电视上挪开目光,看到丁鑫鑫咬紧牙关的面孔。他刚要表态自己不吃了,却见丁鑫鑫一个箭步冲上来把剩下的羊肉串扔进了垃圾桶。

何子平刚要掰扯掰扯，凭什么你减肥我吃点肉就成了不道德，却见虎子也一个箭步冲了过来。虎子扑倒了垃圾桶，如获至宝地扒拉着掉出来的羊肉串。何子平怕签子扎到它的嘴，赶紧把羊肉串抢了下来。丁鑫鑫原地不动，鄙视地看着何子平和虎子的忙活，一派食物链最顶端的威严姿态。

三个月过去，丁鑫鑫一直是瘦三斤胖两斤反复摇摆，肥肉像病魔一样附在她身上，不肯轻易离去。虎子的减肥却逐渐步入正轨，它不知道是认命还是记性差，好像慢慢接受了减肥狗粮。效果也是明显的，且不说体重上的变化，单是目测都觉得它变得轻盈、幼小了。只是它好像也越来越不喜欢运动了，白天趴在窝里不爱动，晚上遛狗时它也走得絮絮叨叨。

当然虎子取得今天的成绩也并不容易，吃减肥狗粮的两个月，它撒泼打滚拒绝进食，吃一口就拂袖离去的情节反复上演。不管丁鑫鑫与何子平如何无动于衷，开始的它都心存幻想，几番谄媚得到的也不过是减肥狗粮里增加了一点菜叶。这已经是丁鑫鑫原则的底线了，一点菜叶或许可以改善一下口感，又不会增加脂肪。在自己减肥上没什么原则，对别人倒是能做到丁是丁卯是卯。按照医生的指导，零食中牛肉干、鸡肉条、狗饼干都退出了历史舞台，只剩下益生菌奶酪还继续供应，毕竟助消化、调节肠道健康还是需要的。虎子和丁鑫鑫好像也不那么亲了，他们的互动变得有些鸡同鸭讲，有时候虎子会莫名其妙地来撕咬丁鑫鑫的裤腿，发出愤愤不平的嘶吼，有时候丁鑫鑫想和它玩一会儿，它又表现出非常不耐烦的漠然。从前那种一人一狗其乐融融依偎在一块的场景越来越少，丁鑫鑫甚至觉得她在虎子眼里读出了责备、怨怼和失望。狗的眼睛比人明亮，虎子的目光里开始有了思虑和心事，还有一种混着冷峻的哀婉。

"谁允许你给它吃牛肉的？"丁鑫鑫终于在何子平偷喂虎子时抓了现行。她大喝一声夺过他手里的肉干，推开了何子平。

"你是不是有病？"何子平蔑视地看着她。

"我他妈是有病。我是肥胖症。"

"你爱减减你自己，别拿狗逗闷子。你看虎子被你作践成什么样了？该叫的时候不叫，不该叫的时候叫个不停。我带它出去，扔球扔玩具它都懒得捡，一看就是受虐待的狗。你不觉得它毛都乌了吗？一点也不亮。"

"我只看到它瘦了。瘦了就是身体变好了。还受虐待的狗，给狗吃人饭才是虐待狗！你妈才是虐待狗！她以为她是对狗好，她是愚昧！"丁鑫鑫调门越来越高，她甚至是用仅存的理智克制自己，才没有痛说革命家史喊出这狗不是虎子，而是Colin。

"我妈招你惹你了？没有任何人阻拦你瘦，逼你吃或者禁止你运动，你遇到的磨难只是因为你不够坚决。你自己减肥失败，你拿我妈撒什么气！你自己一会儿要减一会儿偷吃，几个月没干一件正经事，每天一脑门子减肥官司还不见瘦。别人都是说减就减了，不见你这么张罗。你这张罗一圈，还没虐狗效果明显呢！我现在每天回的不是家，是一所减肥中心。这个家没别的事，每天就是减肥减肥减肥，人也要减，狗也要减，谁进来谁就得减！全世界都有了，跟着丁老师一起减肥吧！"

"对，我减肥失败。瘦子伟大我渺小……我他妈要是真渺小就好了，我快成庞然大物了！我一个就是人山人海。我每天饿得百爪挠心……"丁鑫鑫哭起来，越说越有些泣不成声，"你体谅过我吗？我减肥的辛苦，我怕狗死才让狗减肥的苦心，在你眼里都是逗闷子。全世界你最瘦，你他妈在我面前撸串，我有时候甚至恶毒地想你变胖、谢顶、变成油腻的大叔，然后我依然是少女，我居高临下不疼不痒地假装继续爱你，这样你才能体会我遭的罪。我正在变成另一个人，我前三十年面对这个世界的心理优势，我引以为傲的干吃不胖全部消失了。我从来没想过我会变成一个需要减肥的人，我知道你是怎么想的，就像我以前也从来没同情过胖子。我觉得不能控制自己体重的人，都是弱智。现在我终于明白了，减肥的人和这个世界是没有什么关系的，那是属于自己的孤独，不仅仅是饿，是孤独。我受够了，我想瘦下来，回到这个世界，敞开了吃，同时不再有任何人笑话我胖。"

虎子也配合地叫起来，那凄凉又悠长的叫声让人想起秦腔。狗叫和丁鑫鑫的人声叠压在一起，狂乱中有一种奇怪的默契。

"你跟着起什么哄啊，你个饭桶！"丁鑫鑫恶狠狠地看着虎子，抬起了胳膊。

何子平看着恼羞成怒的丁鑫鑫，觉得她狰狞的脸有点滑稽。他想拉住要对虎子拳脚相加的她，却被恨恨甩开了。他甚至觉得她有点嫉妒虎子，毕竟在一起减肥的路上，她还在焦灼，虎子已经领先了。

"别碰我。"丁鑫鑫抽泣着，没有看他。

他记得他们第一次吵架的情景，丁鑫鑫站在他出租房的楼道里哭，嘴撇得像一座拱桥。他忽然觉得挺可爱的，那种哭不像个女人，像孩子，有一种狡黠的稚气。现在再看她的脸，狡黠不再，稚气全无，甚至好像有了些笨重的戾气，几个月以来她阴晴不定，为了几斤去而复返的肥肉焦躁异常。结婚证这么有效吗？她变得和电视里歇斯底里的主妇一模一样。

两人，一狗，就那么僵持着。虎子已经不叫了，它像一个标本，黯然呆立在两人脚下。整个房间只有丁鑫鑫断断续续的抽泣声。有一个瞬间，他觉得丁鑫鑫才像一只发疯的狗，而虎子像一个失意的人。他的妻子、他的狗都变了模样，几个月猛烈地体现着时间的流逝。何子平觉得一切糟透了，他看见饭桌上剩下的半个肉松面包。觉得自己就是那个面包，廉价、平凡、油腻、软囊，被咬得乱七八糟。

"你想吃点什么吗？"他尝试着打破沉默，克制着喉咙里快要掉出来的嫌恶与感伤，很有些息事宁人地问。

"滚！"

丁鑫鑫的目光可以说是仇恨的，她用塞满泪水的眼瞪了何子平两秒，转身进屋换衣服去了。她要回家。她不想和那个男人那条狗在一起。

丁鑫鑫气势汹汹地走了，何子平没有追。他觉得她整个人变成了一座失控的喷泉。

下了电梯，戴上墨镜，丁鑫鑫还是觉得阳光刺眼，好像就要虚脱了。她发现这是她几个月以来和何子平说话最多的一次，只是好像也不能算说，主要是哭号。

回了家不能和爸爸妈妈说她和何子平吵架了，她说他出差了，于是她回来住一晚。进门的时候，妈妈正坐在沙发上吃荔枝。丁鑫鑫没有洗手就也跟着吃起来，清爽的甜在嘴里弥漫开来，她才感到生活对她的温柔。依照她掌握的减肥信息，荔枝和西瓜含糖量太高，是减肥期需要杜绝的水果。多年来，每到荔枝成熟的季节，丁鑫鑫每天都要吃一斤。都说吃荔枝上火，她却从来没感觉到过。如同苏东坡对荔枝的表白：日啖荔枝三百颗，不辞长作岭南人。苏东坡还说过：人间有味是清欢。依照现在时髦又有些粗俗的说法，苏东坡应该也算一个吃货，一个天真敞亮的吃货。

想起今年大概是第一次吃荔枝，丁鑫鑫简直想哭。谁说她只是对虎子苛刻了，明明对自己也下了狠心的。转而想起她离开家时虎子的样子，以前每每她和何子平要出门，虎子都依依不舍地抓着他们的腿，嘴里发出呜呜的叫声。这一次，它木然地看着她，目光空洞仿佛失明。

做狗太不痛快了，连想吃就吃也做不到，主人松懈了你会胖，主人较真了你就要减肥。这么想的时候，她的嘴也没有停，脚下的垃圾桶里全是她吃剩的荔枝皮。

半年过去了,虎子不仅成功减掉了多出的五斤,还用力过猛显现出让人担忧的消瘦。丁鑫鑫却好像和她的体重和解了,她以减肥的姿态完成了体重的稳步上升,终于变成了65公斤的胖子。不管董莎如何讽刺她越来越像一个爽朗的东北大哥,因为体重超标抱憾退出小白兔界,她依然淡定地咀嚼,体会着味蕾的快感,一副满不在乎的模样。但这是外边的她,私下里她依然密切关注自己的体重,看到居高不下的数字总要露出见鬼的表情,常常为了体重默默哭泣,喜怒无常。对她来说,时光就是在减肥、复胖中流逝的。减肥太艰难了,仿佛一句不恰当的比喻,让人迷惑,抓不住重点。何子平甚至更喜欢别人面前的她,虽然贪吃,但是开朗,满脸带着表演性质的阳光。而回到家里,只有他们两个人时,她会毫无预兆地爆发出突然的悲伤。静态的她,总是带着郁郁寡欢的神色。他不想回家,他记得他娶的是一个热闹的姑娘,家里那个人却越来越冷清。可他总是因为担忧准时回去,他觉得他的女人和狗都有抑郁症。虎子的病是已经确诊的——医生说他们在减肥过程中没有良好疏导虎子的情绪,导致了它的抑郁和暴瘦。丁鑫鑫在宠物医院号啕大哭,她搂着虎子,一边心疼一边埋怨它不懂她的用心良苦。

"我特别羡慕虎子可以瘦下来,因为人可以控制狗,却无法控制自己。"有一天傍晚遛狗时,丁鑫鑫幽幽地说,"宁可抑郁一点,我也想瘦下来。"

"有一个办法,就是我看着你减,就像你看着虎子那么严酷。"

"我怕我会不喜欢你,你不觉得虎子现在不喜欢我吗?"

"你不需要瘦,你现在挺好的。"何子平字斟句酌地决定结束对话。

他已经不太敢惹丁鑫鑫了,她随时会陷入暴怒、委屈、哀伤,要长久的哭泣才能缓解情绪。他当然不是一点不厌倦,只是他觉得她应该也是得了心理疾病。她臃肿而乖张,贪吃还焦虑,一身横肉却并没有好气色。说起来她并没有遭受什么令人同情的打击,她只是一个渴望变瘦未遂的女人。她原来一心等着天上掉馅饼,现在不仅不等了,还矫枉过正相信花钱也买不到馅饼。原来的她简直像一个健康的婴儿,身体和心都没有过伤痕。人生中没有深思熟虑过什么,唯一一次就是决定减肥,然而就目前的结果来看,失败了。这对她是致命的。压死骆驼的,也许根本不是最后一根稻草。对于脆弱的骆驼,一根稻草就够了。他喜欢健康活泼的女孩,于是娶了丁鑫鑫。他第一次见她就喜欢她,喜欢她认真吃饭、朝气蓬勃的样子。可是生活瞬息万变,他和她都措手不及,她就变成了和橘皮组织反复拉锯的抑郁者。他清楚地记得婚礼时她从红毯走来的情景,一束光打在她脸上,她又哭又笑的脸其实挺丑的,但是他觉得她太美了。

年底的时候何子平去香港出差,他问丁鑫鑫要什么,她起先说想要一个包,后来又说算了,还是瘦下来再买吧。何子平觉得有点好笑,又有点凄凉。他想起他们以前去香港,丁鑫鑫都会把要逛的商店和要吃的餐厅标注在地图上,根据餐厅的开门时间,规划一条最全面科学的逛吃路线,然后不知疲倦地拉着何子平暴走、猛吃。以至于他感觉每次去香港都是去完成任务的,吃不下也要吃,因为明天还有新的任务。

　　回程的飞机上,邻座的人在看《瘦身男女》,何子平觉得晃眼,睡不着。他瞟了几眼,也把面前的屏幕调到了那个频道。电影他是看过的,不觉得有什么特别之处。然而,他看到刘德华为了给郑秀文减肥每天靠挨打赚钱时,却突然感动了。刘德华头破血流掉了一颗牙齿的时候,他忽然有点后悔没有给丁鑫鑫买包。他不该冷静地站在她的抑郁之外,仅仅做一个旁观者。他记得他爱她。退一万步说,抛弃一个病人,是需要勇气的。他可以预料自己还会苦恼厌烦她的无理取闹,但他也明白他应该也只能对着他的胖女人和瘦狗,安抚着他们共同的不高兴。他是一只被命运皮鞭抽打的陀螺,还将徒劳地旋转。

　　邻座的人用余光偷偷看了他两眼。他不明白这个男人发什么神经,看个喜剧,也要掩面而泣。

　　马小淘,女,硕士毕业于中国传媒大学。曾获全国新概念作文大赛一等奖、中国作家鄂尔多斯文学新人奖、在场主义散文奖新锐奖、西湖·中国新锐文学奖、储吉旺文学奖等。

　　十七岁出版随笔集《蓝色发带》。已出版长篇小说《飞走的是树,留下的是鸟》《慢慢爱》《琥珀爱》,小说集《火星女孩的地球经历》《章某某》、散文集《成长的烦恼》《冷眼》等多部作品。

赞美诗

郑小驴

一

她搬过来的那天,他记得刚好是立夏。天气已经燠热起来了,热浪涌来,让人隐隐地躁动不安。那天下午一丝风都没有,连罗望子叶片都没抖动一下。她来到楼下才给他打电话:"……噢,能下来帮我提下东西吗?谢谢!"她大概连他叫什么都忘了。那会儿他正在午睡,电话响起的刹那,一个鲤鱼打挺就起来了,奔去洗漱台洗了把脸,又抓起剃须刀匆匆刮掉凌乱的胡子,然后飞快地从六楼冲了下来。他看到一个长发女孩,穿着一身素洁的套裙,正给出租车司机付钱。

第一次见她是一星期前,她按照他在58同城上的合租帖,按图索骥赶了过来。当时她站在房间里四处瞥了几眼,只说了一句:"这房子户型好奇怪。"他问怎么了,她眯着眼笑说:

"像把手枪。"他探头探脑观察了一番,表示佩服她的观察力。她没说一定要租,也没说不租。她说这儿离上班倒很近。那天她穿着高跟鞋,不紧不慢的,下楼的时候叮咚声尾随了一路。他惊愕,她怎么长得这么像刘若英,特别是笑起来的时候。

他一手拎起一只编织袋往楼梯口走。东西比他想象的要沉一些。她几次提出来帮忙,但是他拒绝了。女孩跟在后头,他尽量做出轻松的样子,一口气爬上了六楼。

"看你瘦,力气可真够大的。"她撩了一下耳际的发丝,微笑着道了谢。

他的脸顿时有些发烫。

他将她的东西搬进了那间房,满头大汗地出来了。她像进了自己家一样,一顿乒乒乓乓后,随后啪的一声关了门,挂在门上的那幅卡通画轻轻地抖动了一下。不久,他听见房间里传来女孩打电话的声音,偶尔咯咯地笑,声音清脆。他站在空寂的客厅里,像进了别人家,有些不自在。

每个礼拜天的清晨,窗外都会传来赞美诗的声音。住在这儿三年多了,他也搞不懂声音到底是从哪儿传来的。这儿没有教堂,那些虔诚的信徒们不知坐在哪个角落里,将悲悯而清越的福音传递到他的耳边。后来他问女孩听见了没有,她困惑地摇了摇头。她迷茫的眸子真可爱。他真想问,有人说过你长得像刘若英吗?话到嘴边好几次,都及时地打住了。

偶尔他也想起赞美诗，比方在寂寥的夜晚。夜风将窗外的悬铃木阔叶吹得窸窣作响，那时他想，这会儿能听听赞美诗该多好。窗外除了噪音，什么也听不见。午夜十二点，一列慢车会准时哐当哐当拉着汽笛从不远处经过，持续一分多钟。能听见火车声，说明他又失眠了。他坐在黑暗中，烟头一闪一闪的，有时很想往自己手臂上烫一下。

之所以记得她搬来的这天是立夏，因为那天是他生日。今天二十八岁，立夏，天气渐渐热了起来。他的日记已经越来越简单，除了记记天气和日期，很多东西已经可写可不写。该改变的东西已经不多。二十八岁，一晃就到了，孑然一身，一事无成。那天他是这么写的。略迟疑了一下，他又记下了这么一笔：

今天搬来一位女孩，长得像刘若英。

他的耳机每晚都流淌着这位台湾明星的歌。他喜欢她大概有些年头了。他总觉得，她和她们有些不一样，给人一种清新脱俗、干净透彻感。他喜欢这种与众不同的异质，仿佛为他而存在。

二

他起床的时候，确定她已经出门了。他不知道她什么时候走的，似乎一点动静都没有。怡薇。他在心中念了这两个字。有些惆怅。这需要告诉他吗？他记得合租的第一天，他们一起在小区旁边的一家云南菜馆吃了一顿晚餐。"希望以后合租愉快，相互包容，各自生活的空间，互不干涉，OK？"她伸出手，两人握了握。她的手有些凉。冬天得多吃羊肉狗肉。他憨憨笑了笑，又低着头吃东西。他实在不知道该讲些什么，都她一个人在说。大学毕业，工作不好找，这份工作还是家人托亲戚关系找的，在工商局，目前暂时属于临聘人员。家人准备让她在这座城市留下来，打算给个首付，让她先在这边按揭一套小户型。正在考驾照，还差场外没考，计划年底先买个代步车。凯越？世嘉？"你觉得哪个适合我？"

他都默默地听着，偶尔点点头，又摇摇头。

"先这么混着吧！"

她的自信让他感到自惭形愧。

"大哥，你呢？"

他一下子不知道该怎么说好了，有些窘迫。

"你在58同城上说是药剂师？"

他嗯了声。

那是多少年前的事了，不过他大学的确学的是这个。

"那你现在在哪家医院？"

他又沉默了一下方说："安仁医院。"

她表示没听过。他喜欢她迷茫的眼神。

出门的时候，他回头环顾了一下客厅，发现饮水机没关，于是过去摁掉了开关。她那只钢化玻璃杯摆在茶几的边缘，里面还盛着半杯水。他忍不住握了握,将水杯挪到茶几中央。

上午的复印店比较清闲。他掏出优盘,询问打印简历的价格,打印了几份。从复印店出来,他顺便去旁边的早点铺买了一笼肉包当中午饭,又去对面的手机店充了三十元话费。太阳的光芒穿透密集的悬铃木、香樟树叶,刺得头皮发烫。回去的时候,他在隔着栅栏的别墅区,发现花园的一处角落里长出了几株昭和草,长得很茂盛,有株还靠近栅栏,伸手就可以摸到。小时候乡下的夏天,他常见到这种植物。记得一九九七年夏日一个炎热的正午,他兴高采烈地一路往村支书家跑去,手里握着的就是几株旺盛而鲜艳的昭和草。村支书家的黑白电视机前挤满了人,大家聚集在这里,饶有兴趣地看着国家领导人在主席台前发言。村民们叼着烟斗,大声争论什么时候才能收复澳门。那天白天也有转播信号,让他印象深刻。自那以后,他焦虑而迫切地等待着澳门的回归。他相信国家会一天比一天强盛,他忧心忡忡,又迫不及待着。

在别墅区也能看到这种低贱的昭和草,他有些欣喜。通常别墅区都种植着一些多头铁树、大型仙人掌、蝴蝶兰……很多名贵进口花卉,他都叫不出名来。

若不是花园被栅栏围着,他想拔几株回来。花园不远处停着一辆最新款的凯迪拉克,旁边是一头在警告他的藏獒,令他不敢再走近。

他坐在客厅里将包子吃完,喝了一大杯水。她依然没有回来。今天是休息日,他猜她大概是逛街去了。水桶偶尔发出咕咚咕咚的响声,像一个快断气的人在喘息。他想起一个月前的新闻,一个保安把别墅区的女户主给捅了,原因据说那女户主骂他是看门狗。采访他的记者指出了他的杀人动机:"没人天生就是看门狗。"这句话他细细地回味了几天。在这几天中,他频繁地投寄简历和应聘。

他很少得到回复,偶尔有,也限一面之缘。一见面,他就猜他们会问什么。

"你的眼睛……"

"哦……小时候受过伤。"

他们还会问些别的,但是已经无关紧要了。他们会很客气地送他出门,让他在家等电话,然后叫下一位。一出门,他立刻戴上墨镜。全世界,只有墨镜不会歧视他那只巨眼。有时他恨不得将那只巨眼剜掉。它百无一用,丑陋地将他置于难堪之境。他已经习惯了人们头一次见到他时暗藏于色的惊诧。那只坏眼像巨大的磁场,牢牢地吸引着他们。不到非不得已,他从不和镜子打交道。

他坐在那儿,既没有开电视,也没有开风扇。午后的斜阳透过窗台,照进了客厅,光正好罩着她的钢化玻璃杯。墙上的钟嘀嗒嘀嗒地走着,有时他的思维被它的节奏带乱,陷入一片胡思中。那只钟已经影响到了他的睡眠,深夜里,他几次想把它摘了。但摘了又能怎样呢?它依然会在这座房子里不疾不徐地走着。那是房东的东西，他只能让它继续在墙上待着。

五点钟的时候，他很想给她发个短信过去，问她回家吃饭不。这个决定可能会置他和她于尴尬的境况。他将手机放在茶几上，紧挨着那只钢化玻璃杯。他看到玻璃杯里的水轻轻晃动了一下，沾在杯壁上的水珠又缓缓流落下去。那一刻他想起了宿命。

七点整，她仿佛是踩着点回来的。"以后别等，我不在家吃饭。"她朝他微笑了一下，他便觉得这一切的等待，都是值得的。她进了自己的房间，门啪的一声关掉了，房间陷入一片寂静中。他起身去厨房煮面条。一会儿后，她回到客厅，打开电视、风扇、接水、换台。她的房间总是出奇地安静，他猜不到她在房间里做些什么，她静得像空气，连手机铃声都没开过。

三

他尽量不在她单位周边活动。早晨她出门的时候，他都会醒来。中午饭她会在单位食堂解决，晚饭基本上是在外面吃。她穿36码的鞋，TATA或者达芙妮、百丽。她用的钱包是米奇。她的手机手势密码是一个L形。她喜欢吃小天鹅火锅，那是那次吃饭他无意中得知的。她的床头摆着一只泰迪熊，天热她可能也抱着它睡。她可能还没男友。她喜欢汪涵、王菲，房间里偶尔传出王菲的歌声。他不知道她喜不喜欢刘若英。她喜欢读饶雪漫的小说，正在读《糖衣》。从折页看，她每天读二十到三十页不等，然后沉沉睡去。她几乎不吃早餐，踩着钟点跑去隔着两条街区的单位上班。这让他忧心。她喜欢各种明星八卦，知道谁最近和谁好，谁又被谁甩了。她手机装了陌陌，还有微信。她喜欢夜里喝水，床头柜上必须要摆一杯水，每回都会渴醒。她几乎都到十二点过后才睡。

如果需要，他能统计他们之间一共说了多少句话。一切都历历在目，每一句他都能回忆出来。如果没有必要，他们一天都可以不搭话。她很少主动找他，他更是。在她面前，他基本上都是低着头，尽量不去看她。她越美，他越是不敢直视她。午夜的汽笛声悠长、暴烈、蛮横。他躺在床上抽烟，听见她出来接水。拖鞋的声音。饮水机咕咚咕咚的声音。他的心跳声。有一次，他撞见她穿睡袍的样子，吓得他慌忙转身进了房。她倒被他弄得有些尴尬。那天她买了一些新鲜的荔枝回来，放在茶几上，邀他一块儿吃。他有些受宠若惊，脸都红了。她就笑他。"都是新鲜的，广东刚过来的，别不好意思，多吃点……你看你的皮肤……以后记得每天吃一个苹果！"说完水汪汪地望着他。那一刻他有种想拥抱她的冲动。

第一次，阿普唑仑片，0.4mg 一颗。他将碾碎的粉末倒进那只钢化玻璃杯中。他亲眼看见她将水杯端进房间。那时他会选择出门散散步。夜晚的暑气渐渐消退，难得的月夜，无私地映照着这块大地，每个人都能公平地得到月光的沐浴。这个世界上,只有阳光、空气、月色还有父母的爱是无私的,不求回报。散步的时候,他突然想起父亲。他记不得父亲的模样了,只听过他死的时候比较凄惨,夜里给大货车碾断了双腿,司机跑了,父亲躺在马路上慢慢死去。父亲下葬的时候,家里穷得连棺木都买不起,用红砖砌了个坟。很长一段时间,他视家里的赤贫为耻辱。真的是死无葬身之地。

他爱他的母亲。这位目不识丁的女人憋着一股子劲,拼了命也要供他念书考大学。他是家里唯一的男人,母亲和三位姐姐一起供着他从小学一直念完大学。每次想起母亲,他就想哭。她以为儿子考上大学后,就能改变家里的命运。他亦视念大学为耻辱,悔不该念这个书,把家推向了更为绝望的深渊。

路灯将香樟树叶照得泛黄。人行道上已经没有多少行人了。只有这个时候,他才感觉整个世界都是他的。不会有人来与他争工作,也不会有人窥伺着他的那只巨眼。他看见不远处的中国石油,加油工正和一个女人在闲谈着什么。一辆宝马车的到来,中断了他们的谈话。车上下来一个女人,瞥了他一眼,显然诧异他为何深夜也戴着墨镜,并保持了警惕。

十二点一刻,他转身往回走。

客厅的灯关了。她房间的灯也灭了。他轻轻地走到她的房间门口,屏息凝神地听了一分钟,里面没有任何的声音,她肯定睡着了。他轻轻敲了敲门,没有回应。如果她醒来,他会问她有没有胃痛药。这个理由并不是很聪明。目前只能这样,他希望不会碰到这种情况。

他掏出钥匙，小心翼翼地插入锁孔。心脏猛烈地跳动着，声音巨大，里面像钻进了一只青蛙。门咔嚓一声开了。月光越过窗台，侵入了房间。他努力克制住颤抖，让黑暗中的那只巨眼，平静而安分地尽量多望她几眼。她睡得很香。S形，侧着身。泰迪熊已经落到了地上。粉红色的睡衣。肚脐处裸露着。他替她将空调被盖好，将泰迪熊摆放在她床头。房间有点乱，显然平时在家都是她母亲照顾的。床头柜上摆着尚未合拢的书和水杯、手机。他将它折好页，合上。做完这些，他蹲在她眼前，细心地欣赏、凝视着她。一切都是完美的，无暇的。她美得像天使，像圣女一样贞洁。他感觉鼻子有些酸楚，想哭。

黎明的时候，他依依不舍地退出了她的房间。

四

她似乎并没感到异常。早晨她咚咚咚地踩着高跟鞋走下楼梯，那一刻他立马睁开了眼。新的一天，并不会有新的起色和变化。他的手机，除了10086提醒他快要欠费停机的短信，基本上没人来惊扰他。他换了几次号码。他也很少给家里打电话。他知道她们嘘寒问暖过后，便会提起他的工作收入和感情。"都二十八岁的人了，过年该带一个回来看看了。"姐姐这样说。母亲催得更紧。她们显得比他还急切。回忆自己的爱情，至少他也爱过一次。那时他还在学校,她坐在他前排，一个四川姑娘。

他给她写过几封信,还专门去《读者》上摘抄了几首情诗送给她。那姑娘一封信都没有回。他恼羞成怒表示要给她写九百九十九封,直到打动她为止。事实上,他写到第四封的时候就泄气了。那天在图书馆门口,他看见她挽着一个高个儿男生的胳膊。他呆呆地望着他们远去的背影。后来,她给他回了一条短信:"沈齐,我觉得你学习很刻苦用功,将来可能会有大出息,但是,你真的不适合我,我已经有男朋友了,对不起!"

那一刻,他领略到了爱情的残酷。那高个儿男生带着同情和戏谑的目光直直地盯着他的那只巨眼,在他的俯视下,他节节败退了下来。"他们在一起才是最合适的。"他这么安慰自己。

他躺在床上,一点也不想动弹。耳机里反复播放着刘若英的歌。《原来你也在这里》《为爱痴狂》……有一会儿,奶茶的歌中夹杂着几句赞美诗。他无从分辨。那把放在床下的刀子,他伸手就能够着。那是他在地下通道花三十块买的。他喜欢它的构造,锋利、乌黑、厚实、尖锐,手感非常好。摊主似乎摸透了他的心,一分钱也不肯让。他想总有一天用得着这玩意儿,还是掏钱买了。用它干吗呢?对付自己还是对付别人?对付赵大宇吗?在赵大宇将他从公司开除的那一天起,这个念头就在心中萌发了。但奇怪的是,他并不恨赵大宇。开除自己是应该的,长了一只难看的巨眼,客户看着都恐慌,这种人难道不该扫地出门吗?赵大宇这样的人,这几年来,他已经习以为常了。有时他也听听莱纳德·斯凯纳德的《把我的子弹还给我》。

把我的子弹还给我,把它们装进属于它们的枪膛。
不要再次欺骗,因为我已经索然无趣。
我到达顶峰,却失去了梦想……

他已经习惯了晚上散步,也将刀子随手拿上。它给了他勇气、希望和信心。有时,它就是他的精神支柱。汽车灯在夜空中汇聚成一道道流动的光线。高层大厦和繁华的商场仿佛彻夜不眠。那些出入高档饭店和商场的人,脸露自信的微笑,得体的打扮、从容的姿态,无处不体现着上等人的尊严和价值观。他记得那天晚上在地下车库,一男一女久久也没有从车上下来。他好奇地走上去,看到了一件让他感到羞耻的苟且之事。一个五十多岁的光头,正在拥吻着一位高中生模样的女生。那一刻,他下意识地掏出了刀。他就像黑暗中的豹子,怒火冲冲地瞪着那该死的猎物。在他咬紧牙关走向前时,一道光照耀了进来,他听见了车喇叭的声音。它及时制止了他心中的恶。他几乎是小跑着走出来的,天下着小雨,一路将他淋得垂头丧气。

神在第四天创造了光,结束了世间的黑暗。见到她的那一天,是个晴天,连日的雨水在那天奇迹般停歇了。她像一束明亮的光芒,将他内心每个阴暗的角落都映照得光明如初。神看着是好的。

五

第二次他差点出了岔子。他没想到她竟然迷糊中伸手去摸床头柜上的水杯。水杯是空的,水早喝完了。他吓得蹲在床脚,听见心脏在剧烈地跳跃,有几秒钟,它仿佛停止了跳跃,旋即报复似的狂蹦起来。那一刻他的大脑一片空白。如果她发现,他立刻跳楼自杀,一点也不会犹豫。这样的惶恐让他如坐针毡,冷汗从几亿个毛孔里奔涌而出。他听见汗滴在地板上的声音,下雨一样。漫长的等待,客厅墙壁的挂钟嘀嗒嘀嗒地响着,催命似的。他蹲在那儿一动也不敢动,生怕惊醒她。直到天色快要亮了,她已经进入了沉睡状态,他才敢蹑手蹑脚地爬出去,关上门,球形锁咔嚓一下,如西西弗斯的巨石,从悬崖上滚了下来。

一连两天,他都处在诚惶诚恐中。他暗地里观察着她的表情和行动,她似乎并没有什么变化。他想大概是剂量不够才导致这种情况的发生。他决定将剂量加一倍。

月色依然挺好,淡淡地从白色的纱窗上透射进来。房间似乎洒过了香水。她歪着脖子斜躺着,胸前还放着饶雪漫的小说。她几乎一页都没翻就睡着了,连台灯都来不及关。他小心地将她的身子往下拉了拉,使她睡得更舒服些。房间越来越凌乱,电脑桌上杂乱无章地摆着巧克力、香水和化妆盒。电脑键盘落满了饼干渣。墙角的蚊香已经快燃尽了。旁边堆着一只大箱子,塞满了没折的衣服。手机正在插座上充电,显示已经满格。他轻轻地将插座拔了。他猜她从未拖过地。他找来一把毛刷,将键盘夹缝中的饼干渣清理干净。然后用抹布和拖把,把桌面和地板擦扫干净,将所有物品一一整理归类,整齐摆放在该放的地方。干完这些,他愉快满足地望了沉睡中的她一眼,长久堵塞在心中的某些东西,统统被疏通掉了,他感到浑身通透,每个毛孔都在呼吸着新鲜而健康的空气。

她沉睡的样子依旧那么迷人。月光挥洒在她的脸上,像笼上了一层洁白的面纱。那平静而富有规律的呼吸,随着瓷实的乳房一启一合着。她的身体是洁白无暇的,圣女一样,不容人侵占。她的左手搭在床边,玉指纤纤。他颤抖着手,缓缓地与它相扣。在碰到她的手指时,他的牙关都在抖动。十指相扣,从此一生不相离。那一晚他就这么坐在她床边,沉浸在美好的世界里,直到东方发白,他方才离去。走时他将东西又置于凌乱中,关掉台灯,默默地道了声早安。

晚上看电视的时候,她破天荒地和他说起话来。

"我以前可是夜猫子,睡眠质量非常差,一般都要熬到一两点,直到非常累了才能睡得着。最近不知道怎么,挨着床就睡着了。"

他说可能是她最近工作太辛苦了。她翘着樱桃小嘴,做一副哲学家的思考状,继而假装严肃地对他点了点头说:

"有道理,有道理!没想到上班治好了我的失眠症,哈哈,真是因祸得福啊!"她给他大讲单位领导们的各种八卦,某个部门领导和小三逛商城的时候,被老婆堵在电梯口……她眉飞色舞起来。他露出羞赧的微笑聆听着,始终盯着电视屏幕,尽量不与她对视。

他不得不考虑再增加一点剂量,在安全的允许范围内。有几次他被噩梦惊醒,大汗淋漓。在梦中,他看见床上的她突然醒了,错愕地看着他,继而发出一声尖叫……他赶紧向前捂住她的嘴,用力地抱着她,直到她瘫软下来,慢慢失去抵抗。他怎么没有选择从窗口一跃而下呢?这个梦像达摩克利斯之剑,牢牢地悬挂在他的头顶。

六

有阵子,他沉浸在这样的世界里。他幻想自己就是她的守护神,在阒无人声的夤夜,静静地守护着她。这是他们两人的世界,连月光也休想参与进来。有时他甚至颤动着嘴唇,忍不住想轻轻呼唤她。

"怡薇……"

那晚天热,她没有穿睡袍,只穿了一条小内裤。她蜷曲着身子,手搭在胸前,构成一道迷人的曲线。心惊肉跳中,他感到脸上烧灼了一样。他立在那儿踌躇一下,那道打开的门又缓缓合上了。躺在床上,他的脑海中装着的全是那道S形的曲线。她沉睡的面容那么安详宁静,身体却发出了塞壬的歌声。昏黄的台灯下,她的影子无处不在。

"你爱她吗?"

"你配爱她吗!"

她裸露的部分让他产生了不可遏制的罪恶感。他为自己的卑隰感到羞愧。午夜的列车准时拉响汽笛。他头回发现窗户发出细微的颤抖。有一束来路不明的光柱打在玻璃上,很快又转移开了。这一天过得实在有些沮丧。中午在小区大门口,他瞥见地上那一毛钱硬币,弯腰拾起迅速装进裤兜时,才发现旁边台阶上站着的男孩。他正用一种复杂的目光考量着他。这个小孩的目光让他受辱。为什么不能去捡地上的一毛钱?就因为它低贱吗?他有些愤懑起来。

他将空烟盒揉成一团丢进垃圾桶里。嘴唇因吸烟而苦涩,他感到某种空缺已久的需求。再次回到她的房间,几乎是带着一股怜爱,将太空被轻轻地将她覆盖好。她的呼吸平顺而流畅,沉睡带给了她香甜的梦境。那是一种没被破坏的美,像荒无人迹的冰山,干净、清澈、冰冷。他握了握她的手。

手机响得那么突兀,他完全没有做好准备。悦耳的铃声伴随着震动,在桌面上嗡嗡地响着。他惊心动魄地望了她一眼。她似乎也没有被闹醒。他屏息蹑足,将手机的声音关掉。是一条短信,他下意识地打开了手势密码。

"小宝贝,睡了没?你怎么没上微信?想你了!"

这个叫大块头的男人的短信让他产生一股子妒忌。他打开她的微信,他们的聊天记录源源不绝地呈现在他的眼前。

"想我还不赶紧来。"

"这边暂时还没法辞职啦!那个跟你合租的男人怎样?"

"呵呵,怎么你不放心吗?"

"孤男寡女的……"

"去死!你要见到他人,肯定就会对他放心啦!"

"怎么?"

"我给你发张我偷拍他的照片给你看看就知道了。"

"怎么长成这样,歪瓜裂枣的,呵呵。"

"这下你可放心了吧!他那只坏眼睛真让我恶心!你说我再怎样,品味也不至于这样差吧!"

"是很恐怖的,看上去像个恶魔哦!"

沈齐几乎是忍着满腔的妒火将短信看完的。

他从没想到自己在她眼中竟然是这样一副形象。她成了他的一面镜子,将他丑陋不堪的一面完整地呈现出来。而她是什么时候偷拍到这张令他恼羞的照片的呢?他做梦也没想到,她偷拍了他,并且将它发给了很多男友,与他们一起分享着他自卑的灵魂。在她那众多陌生男人的微信好友聊天记录中,他俨然成了他们之间的谈资。在几个男人的聊天记录里,那些散发着肉欲的挑逗聊天让他血脉贲张着,他第一次目睹她的裸体竟然是通过微信里她的自拍照。她放荡的眼神让他感到羞愧。那些狎昵的语调、露骨的调情和不堪入目的照片让他感到有些伤心,仿佛断臂的维纳斯又接上了那只胳膊。她正在和一个男人计划着月底的旅行,泰国南部的普吉岛。"来回的机票和酒店已经订好了……"他想象着他们在碧海蓝天的海滩上,勾肩搭背的情景。那是他永生也无法承诺的梦想——带着自己心爱的女人出国旅行。他们住在海边的酒店,在床单上翻腾,"宝贝,好想你……""坏人!"他将手机轻轻放在桌上,感觉眼前的这个女人越来越陌生。

她陌生得让他怀疑自己从未见过她。她和他本就不是一个世界的人。一切不过是幻觉,就像那些迷幻的声音和细节。他小心地撩开被子,将手安然地放在她的胸上。那一对洁白而丰腴的乳房,在触碰的瞬间,他感受到了片刻的晕眩,继而一股电流在体内不安分地流窜,奔跑。他感到自己像一个真正的男子汉,很骄傲地站在自己暗恋已久的女人面前,坚硬地勃起,又夹杂着奔赴战场前的焦躁和激动不安。他将自己脱光,然后上了床。客厅墙上挂钟的指针,窗外偶尔路过的汽车的呼啸声,环卫工人清扫马路上落叶的声音以及她的呼吸声,他一一收纳。有一刹那,她似乎动了一下,在他嘴唇凑过来的时候。他什么也没有察觉到。她的嘴很甜。口腔还残留着薄荷型牙膏的味道。在他褪掉她的内裤,行事的关键时刻,他听见了愈来愈响的火车声,仿佛是从窗台下经过,铁轨被激动地撞击着,毫无商议的汽笛声尖刀一样划破夜空,朝他刺了过来。那声音和床上发出的尖叫声混合成一团,构成黎明前的双重奏。

她惊愕的眸子吓着了他。在她即将尖叫的时候,他及时骂了声"婊子"!期间他动用了枕头、双手和全身所有的力气。他像一头狂暴的狮子,朝身底下那不安分的猎物发出狂吼。他不吝用最野蛮的力量,才将她的反抗镇压下来。她终于安静了,又回到了最初的时候。黎明正酣,外面短暂地回归了沉寂,万物寂静如初。

许久,他轻轻地呼唤了一声。她没有搭理。他声音再加大一点,再大一点,再大一点……她没有再理他。他去找了一根烟,坐在床头静静地抽着。她睡着的样子和几分钟前没有两样,如果可以像拍电影那样,把刚才那几分钟的镜头掐掉,一切重来该多好。天色破晓的时候,他去抽了几张餐巾纸,将她的下体擦拭干净。期间,欲望促使他又重新伏在她身上做了一回。如果不能主动,那就只能接受被动,就像面对生活。完事的时候,他这么想。

七

他倦怠地往箱子里塞了几件衣服,拿了她一点钱和首饰,接下来该干些什么?房间里找不出一根烟来,他只能等天亮透后小卖铺开门。期间他去垃圾篓里翻出了几个烟蒂。烟蒂散发出一股涩味,含在嘴上让他恶心。她的手机响了,是那个大块头发来的短信。他几乎是怀着恶作剧的心情,回了过去。他想象对方暴跳如雷的情景,不禁哑然失笑。不知道过了多久,楼下越来越多的卷闸门响起来。太阳喷薄而出,霞光温柔地笼罩着大地。他看见环卫车往地面上洒着水,几个晨练的人穿着背心朝街上跑去。街道又恢复了喧哗将至前的冷清。

赞美诗的声音就是那时响起的。他循着声音,推开了她房间的窗台,在拐角处,他看见一群打扮得体的老人们站在修葺整齐的私家花园里,正面容肃穆地唱着:"圣哉,圣哉,圣哉,黑暗蔽圣明,罪人不能仰视,庄严广大妙身,惟独主为真原……"那声音那么慈祥圣洁,仿佛不沾人间烟火气。他颓然地坐在地上,一脚踢开旁边的箱子,点燃烟蒂,将衣服又一件一件扔了出来。他感到有些垂丧,想原来她们都住那里面啊。

2013年7月4日一稿
2013年8月2日　衡山福严寺
2013年10月17日　桑植天平山
2014年3月11日　长沙

郑朋,笔名郑小驴,小说家。1986年出生湖南隆回。著有小说集《1921年的童谣》《少儿不宜》《蚁王》《消失的女人》等多部,长篇《西洲曲》《去洞庭》。曾获《上海文学》佳作奖、湖南青年文学奖、毛泽东文学奖、紫金·人民文学之星短篇小说奖、《中篇小说选刊》优秀中篇小说奖、南海文艺奖等多种奖项。多篇小说被翻译成英、日、捷克语。南京市百名优秀文化艺术人才。中国人民大学首届创造性写作硕士。

谋杀电视机

大头马

我对自己发誓如果女朋友第三次把门摔在我脸上,我绝对转身就走,不留一句话,像个真正的E省男人。

但如果我真的做到而不是第三次在她家门口的楼梯上坐上两个小时,等到确认她已经睡着完全没有进门的希望,我也不会在回家的时候撞上这伙正在我家拆卸42英寸电视机的强盗。

那样的话我的人生或许还有救。

1

我和女朋友的父亲第一次见面,这个比我矮五厘米却比我重起码三十斤以上的男人就对我表达了他的不信任。"小伙子，抽空练练壁球吧？"他捏了捏我的肩膀，暗示我应该多练练臂力，以免打老婆的时候胳膊抽筋。但我宁愿把这种暗示往好的方面去想，不是打老婆而是另一类日常运动，比如揉面。

当时我和他女儿的关系还止步于看电影、吃饭和扔一百块的硬币抓娃娃，完全没有意识到我们会在共同生活上遇到什么麻烦，至少，还不至于到要动手的地步——为了避免我那些同事们的长舌，好几次我都不得不在36摄氏度的夏天穿着长袖衬衫上班。

你看出来了，我绝非那类第一眼就能吸引到女孩子的男人，第三眼、第十眼也很困难。我想过，或许是因为小时候的异性缘太好，我才在二十几岁不得不珍惜每一个愿意对我多看几眼的女孩。至于小时候的异性缘——

我这个人在很多方面都没有什么天赋，唯独在抓娃娃上有着惊人的成绩。这事对一个男人来说其实毫无炫耀的价值，反而会引来异样的眼光。但对一个十岁的男孩来说就不一样了。小时候每一个去过我家的女孩子都被家里四处堆满的娃娃惊到，她们尖叫着扑向小鹿斑比、巴斯光年、米老鼠、维尼熊等各式各样的娃娃，度过天堂般的数小时，然后哭喊着被早已丧失耐心的父母强硬拖走。我站在门口礼貌地和她们挥手告别，欢迎她们下次再来，然后踱步回屋，像个真正的绅士。那时候，就算是电视里四点钟的《动画天地》也不及去一次我家对她们的吸引力大。

说实话，我一点也不喜欢这些花花绿绿的廉价布料做成的没有商标的仿制货，但被这样不加掩饰的尖叫声鼓励，我又怎能在下一次路过游戏机厅的时候，不把所有的硬币花在控制那个简单的机械臂上呢？

我曾经以为谈恋爱就和抓娃娃一样简单，所以女朋友的父亲捏我肩膀的时候，我忍着痛想告诉他，我的胳膊不是没有练过。

我没有直接这么说，而是一直在夹火锅里的鹌鹑蛋。

生活让我知道我完全错了。就像我曾经以为女孩们会一直把我家当成她们的天堂，而不去看电视上那些愚蠢的动画，直到她们慢慢长大，开始在八点档守着一百多集的爱情电视剧默默哭泣。我知道我提供的欢乐不会再比得上那个小盒子里一个持续三秒的吻了。

和女朋友刚开始在一起的时候，在一次约会时我无意中展现了这方面的实力，她愣住了，是那种真正的拜服。她立刻去掉了每句话末尾的"啦"，双脚也不再内八，此后再也没有在写字时把笔帽含在嘴里。我知道我们的关系进入了一个新的阶段。

她轻轻喊出的"哇"，立刻唤醒了我童年时有关那些尖叫的记忆，也唤醒了我对抓娃娃这个技能的回忆。这之后，我们几乎每次约会，她都会带着一两个娃娃心满意足地回家。我几乎真的被她眼睛里闪动的欣喜打动了，相信我们在其他方面也会这样合拍。

我开始越来越少地回到自己租住在市南区那个一居室的房

子,留在她宽敞温暖的市北区的怀抱里,第二天再穿越城市整条对角线赶回市南区上班。当我发现我们之间的状况远远不像我想的那么简单时,我一个月内已经没有几次在市南区听着轻轨的声音入睡了。

我们有过几次真正的大战,说起来其实也都是一些不值一提的小事,和别的情侣会遇到的没什么不同,了不起就是我之前的一些女朋友不时还会跟我联络啦,我赚的钱不够她继续保留在上一个男朋友那里养成的收集癖啦,我说话的口音总是带着挥之不去的E省尾调,我对她的猫并非发自真心地喜爱等等。

但那又怎么样呢?这是短暂的热恋期度过后必然会面临的磨合期,我和之前的女朋友也有过类似的时期。那几段关系也几乎全部止步于此。这一次不一样,我有一种奇怪的信心。

或许是因为她是唯一会在我操纵机械臂抓住一个丑陋的史莱克时喊出"耶"的女孩,或许是因为她有一个手感超棒的D罩杯,或许是因为她的父亲让我相信我可以成为一个真正的E省男人。

如果说我们的生活里有什么我真的难以忍受的矛盾——

这就是为什么我会花大半个月工资买了一台自己根本就用不上的电视机,放在那个一个月住不上几天的屋子里。我是说,这年头谁还看电视?但我不能在女朋友面前拿出这种态度,毕竟她每晚都要花上几小时漫无目的地接收那个机器提供的电影、电视剧或是真人秀节目。我曾经试探性地问过她:"宝贝,你为什么不试试用电脑?那样你就不用非得等十一点的《猛鬼街3》,你现在就能看……"我看了眼挂钟,"等到十一点,你都能把剩下的《猛鬼街》看全了。"

"哦,可我并不想看《猛鬼街3》。"

"那更好了,你想看啥?我现在就帮你下。"

她摇摇头:"你不懂,我什么都不想看。"

但十一点,她还是会陷在沙发里,抱着一盆微波炉转出来的即食爆米花,遥控器放在手脚可够的范围内,目光空洞地盯着电视机上影影绰绰的画面。那样子让我相信不会有任何一部《猛鬼街》能吓到她。

我确实不懂,互联网已经发明几十年了,什么人还会守在电视机前看一部中途会插播牛奶广告的恐怖片?

而当她开始偶尔会来到我那个狭小凌乱的一居室回访后,对我提出的要求既不是至少每周洗一次衣服,也不是少吃冰箱贴土上建议的健康食物,而是为这个连做爱都嫌可用姿势太少的屋子置办一台电视机,以供她来这儿过夜时不会太无聊。

我们吵了三天三夜。

第四天我去离家最近的商场挑选了当季卖得最好的一款电视机,4K超高清、LED液晶、十核顶配,最重要的是Wi-Fi连接,这意味着无限的电影。

女朋友按下遥控器的时候,我期望看到她发现我能把她想要的任何娃娃都夹出来送到她手里的那种惊讶。我确实看到了一种类似的惊讶,然后她放下遥控器扭头就走,只甩下一句话:"你根本不懂!"

我确实不懂。

2

推开门的时候,那两个一胖一瘦的家伙正抬着我的这台电视机挤在房间中央。"高一点!抬高一点!"我顺着声音看去才发现电视机下面还蹲着一个男人,他左右拽不下连着墙体的最后一根线,只好拿起剪刀准备把线剪断。我和他四目相对时,第一反应居然是这男人长得颇为清秀。下一秒他"咔嚓"拆掉了最后这根线。

这时距离这根线装上墙体还不到一周。

"放下电视!"

然后我就眼睁睁地看着我的电视摔在地上,屏幕"咣当"一声爬满裂纹。这三天来去女朋友家被摔门的委屈也瞬间爆炸,我的眼泪一下子涌上来:"操你大爷!"

那两个家伙对视一眼:"不是你让我们放下的吗?"

"我和你们拼了!"

"你说啥?"那个剪电线的男人站起来,我发现他至少比我高半个头,黑色T恤挡住了胳膊一半的文身。我的眼泪顿时止住了。

"我说……赔我电视!"

一胖一瘦两个家伙又对视一眼,然后开始收拾地上的作案工具，仿佛事情已经顺利解决。高个儿男人也不再搭理我，弯身查看电视机，用遥控器测试一番。但他并不是像在检查电视机是否还能用，倒像是在确认它真的已经报废。

"飞哥，怎么样？"那个瘦子把地下最后一把扳手塞进尼龙袋里，拉上拉链。

飞哥掏出一支记号笔，在电视机背面画上一个笑脸符号，对瘦子点点头。那胖子早已完事，拿起电视机柜上的剑玉在一边研究起来："你的？"

我点点头。我竟然还会点点头，而不是说：这他妈是我家，不是我的难道是你的？

飞哥和瘦子朝门口这边转身，瘦子这才重新注意到站在门口的我，突然想到一件事，指着我说："飞哥，他看到了我们的样子哎。"

这一瞬间我的脑海里冒出的全是陪女朋友在电视前一起看过的压缩画质的惊悚片画面，以及那无数相似情节里的关键台词，这才意识到自己应该做的第一件事不是喊"放下电视"，也不是喊"别放下电视"，而是报警。

更保险的做法是，跑。

整整过了两个小时我才敢轻手轻脚地上楼，这时天差不多亮了，经过我楼下那户时门突然被推开，我吓得几乎整个人趴在对面墙上。老头伸出手把一袋垃圾放在门口，看到我这个状态也有些疑惑："小伙子，你这种瑜伽楼道施展不开吧？"

等我掏钥匙再次打开自己家的门，发现除了摔在地上毫不灵光的电视机没变,那三个家伙消失得无影无踪。十分钟后我发现一同消失的还有那个剑玉。除此之外什么都没少,连桌上放着的一沓现金都一张没少。如果不是我的幻觉的话,我觉得甚至还多出了一本书。

警察起初对我的话还半信半疑,等到我女朋友气势汹汹跑过来对着我就是一顿劈头盖脸地骂,然后又一次地甩下一句"我跟你根本就是两类人",扭头走掉时,警察就彻底地相信我是自导自演了这场入室……入室……

"入室砸抢。"我提醒对方。

"对,入室砸抢,一台价值五千块的电视机,和一个……那玩意儿叫啥来着?"

"剑玉。"

"剑玉。价值多少来着?"

"二十三块。"

这个中年警员长长地"哦"了一声,然后再次确认:"这个剑玉,它不是玉对吧?"

"你觉得呢?"

中年警员看了看我的脸色,终于识趣地闭嘴。临走前,我问他这事儿什么时候会有结果。"对了,你们还得派个人过来,让我给他讲一下那三个人长什么样。"

警员看着我,仿佛我在说什么他从来没听过的东西。"那种画犯罪肖像的,你知道吧?"我自顾自地点头,"那三个人,我记得一清二楚。"

警员点点头,语焉不详地表示他只是个小警员,这件事怎么处理得经过很多道程序,我的损失又不是很大。"我劝你啊,你还是先哄哄女朋友吧。"

他走后我翻了翻沙发上那本多出来的书,一本叫作《失明症漫记》的科幻小说,作者从没听说过。

3

我先是浪费了一周时间跟女朋友解释,这事儿真的是有人上门破坏,并非我气急败坏摔了电视跟她赌气,然后就发现还不如请她去天价料理店吃一顿外加蒂芙尼新款项链来得有效。当然,一周以来穿插并行的那几场令人满意的性爱也起到了一些作用。电视没了,她不愿再到我住的地方来,我们大部分时间便继续和平安静地待在她的房子里。这件事过去之后,我觉得她有了一个小小的改变,不大愿意再看电视上那些地面频道提供的没有版权的国外电影,宁愿去看诸如《我把妈妈变小了》之类的真人秀。但我也实在不明白这种播了已经快二十年的老掉牙的节目怎么还会有人在看。

我把那个坏掉的电视机卖给了回收废品的人,一百五十块。那人一个劲地感叹自己赔了本。我怀疑如果没有那个怎么都去不掉的笑脸符号,我至少能多卖三十。

我捏着两张钞票去上班,中午时开始下雨,我发现左右找不到那本《中国北方喀斯特水源地勘探方法研究》，只好下班后在书店重新买了本，然后买了女朋友叮嘱要补充的进口猫粮。剩下的钱刚刚够我吃顿还算过得去的晚饭。

吃饭的时候我一边翻工作报告，一边听其他食客闲聊。由于下雨，顾客比平时多了一些。这是我在市南区和市北区奔波之余唯一的一点儿闲暇，所以我总是尽可能地拖延吃饭的时间。

"老板，电视机呢？"

听到有人这么问，我才抬头看到，原本挂在店里的那个宽屏彩电无影无踪。平时独个儿来吃饭的客人，多少会靠这个打发时间，成双结对的，也能自电视提供的话题扯点大事小事。自从那件事发生之后，我对"电视机"三个字异常敏感。我本能地觉得老板会给我一个特别的回答。比如——

"被砸了。"

我差点被拉面里的卤蛋噎住，狂咳一阵，周围几个食客和老板都被我的反应吸引过来。过了三秒，老板才继续道：

"妈了个巴子的小畜生，喝醉了在店里闹事，差点连店都砸了。"

我这才发现这家时常光顾的拉面店，个别桌椅换了新的，墙面也有修补的痕迹。不过人一多，也就看不太出来这些补丁。被闯空门之后，好几天没睡好加上女朋友的折腾，搞得我神经太敏感，竟然以为砸了老板电视的家伙和砸了我的是一伙人。

"哦，赔了吗？"

"赔了，要不哪有钱继续做生意呢。"

"老板你生意那么好,会缺这几个钱?"

"怎么不缺,怎么不缺。"话是如此,老板却还是高高兴兴的。

"唉,我就倒霉了,家里电视被儿子砸了,这几天比赛都没得看。"

本来放下的一颗心又重新吊起来。

"你家小子长本事了,都敢砸电视了?"

"还死不承认呢,一顿好打,这几天躲到同学家去了。"

"怎么?谈恋爱被你发现了?"

"他有那个胆子也没那个魅力。偷偷买漫画被我发现了。"

"请问……"

隔壁桌的聊天被我打断。

"电视被砸的时候您家有人吗?"

"当然没有啦,否则他敢?!"

"噢……"

陌生人的关注显然让男人觉得自己开启了一个极具吸引力的话题。

"砸完了还给我在上面画个图画耀武扬威,不揍不行,你说现在的年轻人到底在想什么,啊?"

我点点头,表示赞同,心里为那个倒霉孩子感到可怜。

"以前没见过您啊,不是熟客吧?"

"这你就猜错了,我在这儿都住了二十几年了。"

"噢……"

我放下筷子和钱,走出面馆,雨已经停了。

4

我把墙上原本贴着的几张工作图表揭下,从书架中间的抽屉拿出一张全新的本市地图钉上去,在我家的位置和面馆附近的小区各按上一枚大头钉。你猜错了,我不是推理片中毒,对抓到那三个人完全没有头绪,甚至根本就没产生一点点这方面的念头,我会这么做完全是……职业习惯。

我在本市的土地勘探规划院工作,一半时间要出夜班,在大街小巷流窜,收集数据。这份工作干久了,走在街上,我发现自己看到的不再是一栋大楼、一家快餐店、一所医院,而是一个个坐标。1978年之后,全国已开始统一使用1980西安坐标系。但在我的脑海里,它们仍位于1954北京坐标系。

你看出来了,我是一个念旧的人。

出夜的时候有时会有同事跟我一起,有时候只有我一个人。这时整个城市醒着的除了路灯、冷风,就只有商场橱窗里的假人。有些商场的橱窗里会放着成排的电视,那些电视永远都不会关,播放着定制好的节目或电视剧。这种无处不在的现代文明不知会让人得到稍许安慰,还是更令人孤独。

比如现在,我路过的这家商场橱窗里的电视就在循环播放着两年前的《我把妈妈变小了》,那位穿着小西服、头发被精致打理过的小男孩,在略微手忙脚乱地给母亲做一顿早餐。我知道那个蛋将被打翻,这对母子档会因此失分,但他的母亲会摸摸他的头,向他投去鼓励的目光。主持人"路宝妈妈"会温和地记下这一切,在之后分析这是父母与孩子相处的基础——尊重。

我会知道这些是因为这是我今晚第二次回到这里检查数据,这些内容我刚刚就已经看过。

因此那三个人影从对面路过时,我才没有受到橱窗内容的干扰,瞬间就辨认出了他们。准确地说,我是先听到一种熟悉而有节奏的敲击声,才注意到他们。

"乓、乓。"

"乓、乓。"

那三个人影中最胖的那个,正熟练地拿着一个槌子状的东西颠球,我认出那是一个剑玉。我的剑玉。

"你们!"隔着马路我开始大喊。他们三个人停住了,但显然没认出我,等我走近,瘦子才张开嘴巴。

"哟,是你?"

"赔我电视!"

"我早说了,还是该戴个面具。"胖子对飞哥说。飞哥没理会他,而是盯着我。他胳膊下夹着一本书,双手插在裤子口袋里。

"好啊。"飞哥向马路对面一指,"你想要哪台?"他的手指从那排电视前缓缓指过去,"这个怎么样?跟你那台很像吧?"

我竟然有那么几秒认真思考了一下哪台电视机比较接近我的那台。

见我没反应,飞哥从我旁边走过去。瘦子和胖子紧随其后。我反应过来的时候,手里已经紧紧攥住了飞哥的衣服。

"赔我电视。"

飞哥露出迷惑的表情,重新看了看对面,向我继续提出这个荒谬的建议:"不是问你了吗,要哪台?"

我直接朝他挥去了拳头。三十秒后,我彻底趴在了地上,看到那三个人影不断远去。在他们消失前,我终于爬了起来,鬼使神差般跟在他们后头。

他们在深夜里的大厦之间穿梭,走过了肮脏的小巷、打烊的小吃摊、亮着很暗很暗的光线的酒吧招牌,然后进入一片庞大林立的住宅区。

他们知道我一直跟在后面,只有胖子偶尔会回头看我,三人一开始还不时有小声议论,很快就仿佛达成了某种默契,没有人出面阻止我。

我突然有了一种奇怪的感觉,我和他们是共谋。

5

我到现在都很难回忆起自己那时究竟是真的为一台女朋友

想要的电视被砸而不甘心，还是完完全全被这几个家伙诡异的行踪蛊惑住了，才跟在了他们后面。

胖子叫鸡仔，我后来才知道他是开锁的好手，是这个团伙里真正的技术人员。

通常来说真正进入一户普通居民楼至少需要开三道锁，小区大门、楼道大门和单户防盗门。大多数的小区大门用单钩开锁就能搞定，实在不行就只好用取弹子的暴力开锁法，这方法需要一把锉刀、一把锥子和一根铁条。剩下两道鸡仔会神神秘秘地用一种锡纸开锁法，需要借助专门的锡纸工具，不论是一字锁、十字锁还是AB锁都可以轻松搞定。

但我头一次跟着他们"作案"时，鸡仔根本没发挥出任何开锁的技能。因为更多的小区除了一个昏昏欲睡的门卫外根本就没锁，楼道大门则由于大部分的居民不习惯频繁开门，会让它被一块门砖顶住而保持永远开启的状态。保安则是形同虚设的NPC，你只能在车库或杂物间看到他们脸红脖子粗地甩牌或搓麻将的身影。

他们三人，不，准确地说是我们四人站在一户插着茱萸草的防盗门门口，飞哥和鸡仔站到两旁，我被鸡仔从挡道的地方拽到他旁边。瘦子稍微摆弄下衣服和头发，把它们弄得更加凌乱，然后按下门铃。

"夜宵外卖！"

没有反应。

飞哥用脚踩了踩门口的垫子，停在一处，弯腰掀起垫子拿出一把钥匙，自然流畅地打开了门。我看得目瞪口呆，决心下次再也不把备用钥匙放在门口。

两室一厅，老房结构，通风走廊，客厅在进屋第一间，左边是厨房和厕所，尽头是两间卧室。屋内没有人。

鸡仔留在门口望风，手中剑玉不停。

一间卧室被明星海报、笔记本电脑和成堆的手办占据。飞哥看了一眼就确定这房间不会有电视。这毕竟已经是和我隔了几代的年轻人，他们的屋子里已经再也看不到CD、书或者风筝。

电视在另一间稍小的卧室里，这里只有一个略微老式的大衣柜和一张大床，铺着杜鹃花的粉白旧床单。我们几乎是同时看到了那个目标。

那是一台至少十年前的电视机，笨重宽厚的长方体，老式屏幕，多半还是AVI接口。

飞哥和瘦子看向我，仿佛在邀请我先过去，我不懂他们什么意思，我纹丝不动。

瘦子忍不住开腔："去搬啊。"

"啊？"

"你不是要我们赔电视吗，喏。"

"……啊？"

"阿杰，你帮他。"飞哥不耐烦道。

阿杰走过去抱起沉重的电视，一步一晃向我走来，把电视朝我身上靠来，我只好接住电视另一头。

"我不要这台。"

"什么？"阿杰很意外。

"大哥，我的电视五千块。4K超高清、LED液晶、十核顶配，还有Wi-Fi连接入网……"

我一边说一边把电视重心往阿杰身上挤，企图让他接过去。阿杰立刻又把重心推过来。最后电视依然牢牢架在我们之间。

"能看节目不就行了吗？"

"这怎么能一样呢。"

"你不要也没有别的啦。"

"我就不要。"

"我说，你那电视和这个看到的东西难道有区别？"

"区别大了，先说厚度吧……"

我和阿杰还在扯皮，浑然没察觉剑玉声停了，几秒钟后，鸡仔匆匆走进来，朝飞哥使了个情况不妙的眼神。

"啰唆什么，赶紧把你想要的电视拿走。"飞哥压低声音说。

这时我们都听到了门口传来的那一家三口的说话声。我和阿杰几乎是同时撒了手，电视掉在地上发出"嗡"的一声巨响，屏幕出现一道裂痕。

时间凝固了三秒。

飞哥掏出笔匆匆在电视上画了个笑脸，然后打开卧室窗户跳了出去，接着是阿杰和鸡仔。

就在开门声传来的一刹那，我跟在他们后面从卧室窗户跳了下去。

还好是二楼。

我们重新回到了那条我们相遇的街区,橱窗里的电视第三次播放着那集《我把妈妈变小了》。我以为我们跑了很久,看表发现才十分钟。

飞哥掏出一支烟给我,我犹豫了一下还是接住了,夹在手中等着火。飞哥和阿杰朝前走去,鸡仔玩着剑玉看了我一眼。

"别等了,是糖。"

6

一开始,我以为每到一户房子里砸掉那户所有的电视机后顺便交换一本书,是飞哥为自己特意设计的个人符号。后来才得知,作为他们下手的第一户,那天飞哥纯粹是头一次干活有些紧张,才拿错了书,把自己打发时间的小说留在了我那儿。后来他想到这倒是个不错的主意,为他们这个"谋杀电视机小组"赋予了某种形式化的特征,还增添了一种浪漫的神秘主义色彩。我失踪的那本《中国北方喀斯特水源地勘探方法研究》被永远地留在了那户因我失手而毁坏了电视机的屋子里。飞哥带走了一本《高中物理疑难参考(上)》,那上面很干净,和我印象中手办四处乱飞的卧室在主人的人设逻辑上倒是相当符合。

那天晚上的事情远未结束。

我跟着他们去了第二个地方,给自己的理由是,没有要回理应的赔偿,怎么能就这么轻易放过他们。

他们大概也意识到没法用一台廉价货打发掉我,于是准备当晚再干一次。

"你为啥不直接报警?"

坐在鸡仔的电动车后座上时,他这么问我。

我愣了半天,点了点头。

"是个好建议。"

飞哥载着阿杰骑着一辆外形霸道的摩托车离我们至少二十米开外,我帮鸡仔拿着我的剑玉,生怕一个转弯就落下了,不时催促他快点。

"放心,丢不了。"

"下次把电充满再出来作案好吗?!"

"已经充满了。"

"那你能换个他们那种的车吗?"

"也得有钱啊。"

"你们这行……还赚不到钱?"

鸡仔握着加速转柄的手突然松开了,这辆弱小的电动车立刻慢了下来。

"我们只砸电视,不拿人东西。"他义正词严。

我看了一眼手中的剑玉,又看了一眼前面越来越小的摩托车,朝侧视镜竖了竖大拇指。

"有原则。"

我原本以为我们会停在什么高档住宅区门口,眼前却是一片鳞次栉比的开放式建筑群,不用借着月色都知道这块儿的违章搭建跟我家厨房窝藏的蟑螂卵一样多。

我们由外向里,路过了一户户低矮楼层建筑,我越来越着急,开始的那些还有几户装着防盗门,越往里头走,就越是红砖瓦房木门栅栏。飞哥停在了一个独门独户的平房门口,看上去像是车棚之类的地方改建,门口是水泥砌成的水池。

"好像还是刚刚那几户比较好啊。"我真心实意向飞哥建议。

"夜宵……"

飞哥没搭理我,直接喊起来。

没有任何动静。鸡仔展露了一手绝活儿,一分钟不到我们已经走了进去。这个不足一百平方米的地方被隔成了九个房间。我感觉自己像爱丽丝掉进了兔子洞,处在一所有着无限回廊和无限房间的屋子中间,每道门的后面都藏着一个秘密。

我几乎是带着参观的心情推开了每道门。实际上它们也称不上是一道道门,更像是半开放式的门栏。每个房间虽然只有十平方米左右,却都五脏俱全,床、书桌、衣柜……不一样的风格让人确定每个空间都隶属唯一的对象。

更重要的是,每个房间都有一台电视。

这些电视大小、型号、新旧都不一样,看上去有些是房屋中介提供,有些是他们自己置办,还有一些则来路不明。有那种极其简陋却拥有一台至少是40英寸大小的壁挂式液晶电视的房间。还有的房间的布置,让你很难想象这是一处廉租房,仔细打磨的实木书桌与其他廉价木材板制成的桌子形成鲜明对比，铜质台灯、钢笔和印着T大名字的稿纸整齐地放在桌上，唯有角落里塞着一台落着灰尘的二手电视。还有那种龌龊得令人发指、地上堆满购物袋、看不出主人性别的房间，电视被当作了床头柜。

通过每个房间，你能管窥它们的主人大概是个什么样的人，在同样窘迫的经济状况下选择将钱投资在什么地方，舒适的生活空间、外表的修饰还是精神建设，或者什么地方都不花。

我突然想起来，这片地方我认识，只是这晚经由一个陌生的到达方式而来一时没认出。这里是T大学附近著名的聚居区，混居着恋爱要谈的在校生、勤奋学习的考学生、毕业没找到工作的失败者、做学生生意的小贩、无家可归的流浪者……他们聚集在这片笼寨式建筑群里的理由只有一个：便宜。虽然治安极差，却也提供某种无形的自由，在这里不会有任何人关心你的死活，大家只为自己的目的而奔走。这就是为什么此时此刻所有的房间都空无一人，现在是假期。

"只能搬走一台。"从最后一个房间退出，飞哥盯着我说。

我指着那个有40英寸电视的房间，飞哥点点头，他们走入其他房间，开始干活儿。

我在剑玉敲击的有节奏的声音和毫无章法的巨响中有些恍惚，再次想到鸡仔的那个问题。

"你为啥不报警？"

我看着鸡仔拿着榔头从一个房间走出，进入另一个房间。

突然，我发现事情有些不对劲。

如果他也拿着榔头在砸电视,那么,是谁在敲剑玉?

7

那是一个戴眼镜穿着套头衫的十岁左右的男孩,长着一颗硕大无比的脑袋,我们相互对视了数秒,几乎是同时问出:

"你是谁?"

"你是谁?"

"我爸是老吕。"

"老吕?"

"你是新搬过来的吧,连我爸都不认识?"

我的脑海里转过几个念头,第一,这孩子还以为我是这里的住客,也就是没发现我们是一伙强盗,看来刚刚鸡仔开锁的手艺确实出色,连里面的人都以为我们是正大光明地用钥匙开门进来的。第二,他会这么以为,也就是说……他也不是这屋子的主人。

我又花了点时间纠正想法上的措辞,他们是一伙强盗,我是跟在后面要求赔偿的受害者。

既然这样的话——

"是啊,所以你爸是……"

男孩正准备回答,这时里面一个房间传来一声巨响。

"你们在干吗啊?我都被吵醒了。"

"……装修。"

"哦。"

毕竟是小孩,还是可以随便搪塞过去的。男孩开始放松下来,把目光集中在了手中的剑玉上。看得出来他对这个相当有天赋。

"你还没说你爸是谁呢。"

"下个月他来叫你们缴费你就认识了。"

"什么费?"

"物业啊。"

"……这里还有物业?"

"当然。"

"都管些什么?"

"什么都管。"

"什么都管?"

"你被骂了,被打了,被抢了,被偷了……都可以来找我爸。"

我一时无语。

"反过来也一样。"

"啥意思?"

"这都不明白?你打了别人,别人来找你,你也可以来找我爸。"

什么物业,这是黑社会吧。我忍住没把这句话说出口。

"那保洁维修什么的找谁?"

"你自己没手啊?"

我发现男孩胳膊下还夹着一本杂志,便问他那是什么。他停下手中的剑玉,走过来把杂志递给我,那是一本色情杂志。

"这个服务我爸不提供。"他认真道。

男孩把玩腻的剑玉扔到一边,走到角落的简陋沙发边,摸索出一个遥控器,打开电视。沙发上还有一条看不出啥颜色的毯子,刚刚男孩就是在这里打盹儿。

我这才发现原来这屋子的客厅原本也有一台电视,不新不旧,大约是六七年前的款式。但显然这房子的住客不会看它,除了眼前这个男孩。

男孩拿着遥控器在频道之间飞速跳跃,偶尔在电视剧和电影那里停留几秒,又迅速切换到下一个,动画片被他直接略过。

又是一声巨响。

"以后别在我睡觉的时候装修了。"

男孩的口气自然平淡,好像他才是这个房子的主人,而不是我。当然了,本来就不是我。他终于停止了检索,开始心不在焉地看一个真人秀节目,是重播的最新一期《我把妈妈变小了》。

"啧,这都不会。"

他不时对电视上那些任务中的小孩犯下的错误发出哀叹,似乎如果他在现场会做到完美无缺。这样一个画面让我越来越产生一种错觉,我和他都是这个屋子的主人,已经共同生活了很久。

"你爱看这个?"

"不爱。"

"你爱看什么?"

"我爱看的我看不了。"

"哦——"我故意拖长了音调。

"《十二生肖守护神》,早就停播了。"不知道他是不是听出我语调里的揶揄之意才这么说。

又是一声巨响,将我从这个温馨的聊天氛围中唤回。

"他是谁?"

飞哥站在客厅里,显然已经搞定了他的所有工作。

"他是……老吕的儿子。"

"老吕是谁?"

我一时不知道该怎么回答,这时阿杰拿着那房间里的9英寸袖珍电视走出来,一边嘟囔着这玩意儿太坚固,怎么都摔不坏,他抬眼看到男孩也是一愣。

"他是………"

"老吕的儿子。"飞哥替我回答了。

男孩看着阿杰和飞哥,十分疑惑:"你的装修工人……"

我赶紧指着飞哥:"电工。"又指着阿杰,"木工。"

男孩点点头把话补全:"……好酷啊。"他的视线被飞哥胳膊上露出的文身牢牢吸引。

飞哥虽然不清楚到底怎么回事,但敏锐地意识到这时最好是配合我。男孩注意到飞哥屁股口袋里插着的那本《高中物理疑难参考（上）》，再次奇怪道："你还看高中物理？"

飞哥支吾不语，我赶紧说："啧，他要是看大学物理就不是电工，是天文学家了。"

阿杰还是被眼前这个场景搞得有些蒙，问飞哥："他是怎么进来的？"

男孩听到，不禁得意一笑，从屁股上卸下一串开锁工具，向我们晃晃。我基本算明白了，这孩子才是这个地方的山大王，把每家每户都当自己家随便出入。

"我怎么好像听到有小孩说话……"

鸡仔一边说话一边从房间走出，话还没说完就被眼前的画面吞掉了最后两个字。男孩看着穿蓝色背带裤头戴红色贝雷帽的鸡仔，抢在我前面说：

"我知道我知道，水管工，对吧？"

鸡仔看到男孩手里那一串开锁工具，不禁"咦"了一声，然后看了看自己裤腰上挂着的同样的东西。我大惊失色，但为时已晚，男孩顺着他的目光看到那串开锁工具，得意的笑容凝固了。

"你们……不是装修的？"

8

很难描述清楚当时我们每个人的行动顺序是怎样的，如果可以有慢镜头回放,我想我一定是所有人中最理智的。

是我第一个反应过来,抄起旁边的椅子扔过去砸碎窗户,然后冲过去准备一个飞身跃出去。当鸡仔在混乱的行动中大喊"你电视不要啦"时,也没有丝毫分心。阿杰将一个什么东西从背后甩过来时,我反应灵敏地迅速避开,依然朝着窗户飞奔,听到背后传来那玩意儿撞击在墙上发出的嘎嘣脆响。大约过了二十秒,我成功地站在了屋外。如果不是卡在窗户那里费了些时间,大概只需要两秒。

然后飞哥、鸡仔和阿杰推门走出来。我看着他们,他们也看着我。飞哥举起右手阻止鸡仔发表观点。他手上的书已经换成了男孩那本色情杂志。

身后的大门传来"砰砰砰"捶门的声音:"放我出去!"阿杰觉得用铁条卡住大门还不保险,准备把窗户也封死,飞哥拦住他:"算了吧,也算是同行。"

我在一旁心急如焚,想着那位"老吕"不知何时会按照既定路线捉拿他这个小祖宗,结果就在我们准备上车时,飞哥手一滑,钥匙顺着镂空的窨井盖掉了下去。

远处传来狗叫。

阿杰走过去看了一眼,对飞哥摇头。

"你们俩先走。"飞哥对我和鸡仔说。

"这怎么行?"

"你不走我走。"

开着鸡仔那辆车飞速前进时,我才发现不是这车有问题,而是鸡仔的体重有问题。

五分钟后我还是回来了。

"铁丝有吗?"我问他们。

钥匙掉在内侧一块凸起的石头壁上,把它按照掉进去的路线原样吊回时,我头一次用"抓娃娃"这个技能赢得了男性的景仰。三个。

在狗叫声几乎就在转角时,我们再次跨上那两辆车,逃离了这片兔子洞。

在一栋烂尾楼的天台上俯视整个城市的时候,飞哥再次掏出一支烟给我,我咬下去才发现这次真的是烟。我们谁都没有说话,没有一个人说话。飞哥把抽完的烟头踩灭,然后拍了拍我的肩膀。

"欢迎加入我们,谋杀电视机小组。"

我一口烟差点儿咽下去:"加入什么?"

"你听到了。"

我愣了半天,然后努力挤出一个笑容:"这中间肯定有什么误会……"

"怎么会有误会呢?无论是临场反应、表演技巧还是……你那个出神入化的捡钥匙本事,我们有目共睹。"鸡仔和阿杰连连点头。

"这,话是没错……"

"最重要的一点是,你跟我们一样,都讨厌电视。"

"讨厌电视?"我恍然大悟,"你们看,这就是那个误会了。"

我把烟头踩灭，"我不讨厌电视。我怎么会讨厌电视呢？……我要是讨厌电视还这么缠着你们干啥？"

他们三人哈哈大笑。

"我早就应该看出来，你一直跟着我们，根本就不是为了要我们赔你电视，是为了加入我们。"

"不不不，我就是要你们赔我电视。"

"那你为啥每次都要把我们给你的电视砸掉？"

"而且手法独特，具有艺术家的气质。"鸡仔补充道。

"每次？第一次就算意外好了，第二次我压根儿来不及拿走啊。"

"我扔给你了，明明是你自己不接啊。"阿杰说。

我这才明白在刚刚的逃窜中，自己躲避掉的原来是那个9英寸袖珍电视。

"唔，这么看来，当时我们在家，其实也是你有意的对不对？"鸡仔很为他这个推理兴奋。

这完全是误会，我要知道那是电视我……我他妈也得躲啊！有你这么往人后脑勺扔东西的吗？！"

阿杰摸出一根烟给我续上："别生气，别生气。"

我稍微平静下来，至少他们不是坏人，不是完全的坏人。

"那你为啥不报警？"飞哥静静地看着我。

"我……"

这问题再次把我问住，手中夹着的烟一时没有动作，鸡仔以为我在等火，便提醒道："是糖。"

再也无法忍受。

我掏出钱包,一张一张拿出里面的东西。

"看,这是信用卡。对面最高那栋楼看到没有?那个银行的。白金卡。你知道每个月要刷掉多少钱,刷多少个月他们才会给你发一张白金卡吗?"

鸡仔和阿杰摇摇头,飞哥毫无反应。

我抽出另一张卡。

"这个,往左边看,那片湖中间那个餐厅看到了吗?这是他们家的会员卡。他们的老板很变态,只有连续三年在他们家过生日才能成为他们的会员。连续三年,这三年来每次的4月8号我都在吃同一个东北师傅做的地中海沙拉。"

"这个……"我又摸出一张金光闪闪的卡。

"哇——"鸡仔和阿杰同时惊叹。

鸡仔已经开始眺望:"这次是哪个建筑?哪个哪个?"

"这是我家楼下奶茶店的积分卡,不好意思……"我把卡全部塞回去,然后展示钱包里放着的照片。

"这是我和女朋友第一次约会拍的照片。当时我们刚看完最新一部《虎胆龙威》,她对我说你手心出了好多汗啊,我说是啊要么我们让那个卖票的帮你拍吧,她说不要他看上去那么丑拍出来的照片一定也很丑……"

"你到底想说啥?"

"你们还不明白?"

他们摇头。

"我,你们,我们完完全全是两类人。"

飞哥又点了一根烟:"哦?你觉得我们是什么人?"

"憎恶社会,厌恶现代文明,现实生活中的失败者,除了力气一无所有,企图凭借这种幼稚的行动发泄你们那不值一哂的情绪,秀存在感,无知,无畏,无所顾忌。讨厌电视?哈哈……"

"那么你呢?你又是什么人?"

"我?"我一下子张口结舌,想起自己还举着钱包,"我至少是个有女朋友的人!"

"我也有啊。"鸡仔急道,飞哥和阿杰同时"嗯"了一声,然后投去怀疑的目光。

"我有身份证。"

"我们也有。"

"这件衣服,看到没,YSL!"

"假的。"阿杰终于插上了嘴。

"我还上过大学!"

飞哥咳嗽一声:"那个……"

"哇!飞哥你不会吧?"

"飞哥,想不到耶,你还是个高才生哪!"

"总之,我是一个正常健康无害的守法公民。你们呢?流氓,混混,反社会分子!"

他们终于沉默了。飞哥看着与这栋建筑遥遥相望的那片住宅区,一个设计得颇为用心的商住两用楼耸立其间,整面的落地玻璃让人能够清清楚楚看见里面的人在做什么。每一片玻璃墙仿佛都是一个电视窗口,上演着一个故事。

"你看他们,多么倒霉,他们只会跟电视说话,不会跟女朋友或妈妈说话。"飞哥自言自语,然后转身,扔掉烟头,"好吧,确实是我搞错了。"

他们三人消失在楼梯口,只剩我一个人。我朝那栋大楼呆呆地看了一会儿,然后发现,天亮了。

9

我请了三天假,在家睡了三天三夜,这期间除了给女朋友发了几个短信外,没有跟任何人联系。我把墙上那张地图揭了下来,重新贴上了工作资料,还写了一份未来计划。在半睡半醒间,看了十几部电影。其中一部讲音乐家的片子对我有很大的启发。我觉得自己过去实在太懒惰太散漫,对人生毫无计划,所以才会碰上这些莫名其妙的事情。如果我是一个工作上进、努力赚钱、心里只挂念着女朋友的优秀男人,又怎么会大半夜跟着一伙反社会分子满城市乱跑?我很珍惜我的女朋友,我的年纪也不小了,应该考虑考虑结婚啦、家庭啦、生儿育女啦这些严肃的事情了。它们都需要我改变自己。

我开始吃早餐,早餐吃两个蛋、两片面包、一块培根、少许花椰菜,还有一杯牛奶。再也不吃没有卫生许可证的小馆子里的油炸食品,在超市挑选那些印着有机标志的食品购买,快速穿过速食冷冻区。尽量在十一点前睡觉,睡觉不看漫画而改看一些通俗文学作品,甚至是契诃夫什么的。坐地铁时认真排队,努力压制不耐烦的情绪。买完东西,跟每一个杂货店的店员说谢谢你。不是说谢谢,是说谢谢你。

我努力证明自己是个文明人。不,不需要证明,我本来就是。

直到女朋友要求我再买一台电视安置在我的房子里。"为什么不呢?你不能因为损失了一台就永远不看电视吧?有天你吃苹果吃出了一条虫,你就永远不吃苹果了?早晚要买的。而且,上回我爸说,咱们这么住实在浪费,还不如搬到一块儿……"

"既然要搬到一块儿,那更没必要买了啊,你不是有一台么?"

"我那台不好,都是几年前的了,要看啥没啥,也就电视节目可以看看。你之前买的那台就很好嘛,能联网,什么片子都能看。"

"……你当时不还说不好吗?"

"人的看法总会变的呀。当时我喜欢由着电视给我安排内容的感觉,现在我喜欢自己掌握自己的生活,不可以吗?"

她一边漫不经心地换着台,一边对我做说服工作。我突然想到那天飞哥说的:"他们只会跟电视说话。"

他们只会跟电视说话。

"饿了。"女朋友扭头看着我,见我没有反应,只好进一步要求,"宝贝,你去帮我买个冰淇淋吧。"

"哦。"

我站起身,穿上外套,拿上包,走出门去。我其实只需要拿上钱包,但我今晚不打算回来了。

"再加两袋薯片一盒酸奶哦!草莓味的!"

回到家里,我重新把那张地图找出来挂上,在上面圈上那晚我们去的两个地方,然后开始吃路过麦当劳买的汉堡和薯条。我觉得很饿,以至于吃完后又立刻去买了第二份套餐。

第二天一早,我再次去了那个和飞哥他们分别的天台,用颜料在地上写了三个字。

我加入。

10

我们一般这样确定造访的地址:在百货商场卖电视机的柜台佯装感兴趣的顾客,索取遥控器随意换台,直到任意一个路名在屏幕下方的滚动条里随着某条新闻或广告出现,抬头瞄一眼这是哪个频道,我们就有了一个路名和一个号码。打开手机地图,我们就能检测到这个号码是不是合适,如果不合适——这是常常发生的,毕竟大部分门牌号都被商店占据,而商店里的电视并无被砸的价值——我们只好等待节目里出现一个数字;如果一个号码不够,我们还需要楼号和室号,就再等待下个合适的数字。于是每次选择目标总能耗去我们几十分钟的时间,这提供了足够的庄重,来让我们觉得被选中的人也不算冤枉了。

我从来没有去打听这个谋杀电视机小组的过去,因为这必将涉及他们每个人的过去。他们是怎么认识的?谁先提出这样一个建议?如果被抓了又会怎样?除了行动的时候,他们平时有来往吗?他们都是做什么的?他们到底是谁?

我一概不知,也一概不问。他们对我也是如此,虽然在此之前我透露得够多了:我有一个女朋友,我还上过大学。

我们通常在工作日的白天行动,或是周末的夜晚,尽量选择那些看起来不会有人在家的时间点。如此干了几票后,我逐渐体会到在举起锤子砸向那些电视机的时候,所产生的一种奇异的快感。

也许我天生就是个破坏分子,这不是没有可能。这个念头一旦产生,我就开始无法控制地检验起自己的过去,寻找为这个论点提供更多证据的细节。七岁,我偷偷把表弟的玩具飞车弄坏,因为那玩意儿实在太吵。十三岁,我在同桌辛苦搭建多米诺骨牌的重要关头推倒了第一块牌,她为此和我绝交了一个月。十八岁,我把全班的试卷从办公室偷走烧掉,只因我没复习好,不足以应对第二天的考试。二十三岁,分手前夜,我把所有避孕套都扎了洞,然后静静等待女友最后一次上门和我交欢。后来倒确实听到她奉子成婚的消息,不过那是一年后了。

再比如,我那个抓娃娃的本领,是不是也暗示着我天生就有某种邪恶的力量?我喜欢摆弄那些操纵杆的感觉,仿佛我掌握了娃娃海洋中每一个娃娃的命运,想要带走哪个就带走哪个。

除了锤子之外，我们发现了更多的破坏法门。这主要是因为我们对不同型号的电视机越来越熟悉。三星的电视最脆弱的地方是屏幕，只要敲击四角再给中间来个大满贯，保证玩完。索尼的机器抗震能力差，推到墙边猛地撞三下，肯定开不了机。飞利浦的最新系列，只要破坏掉所有按钮，就根本无法使用，我简直想给厂商打电话过去汇报这个设计漏洞。

一开始我们总是分工明确。实际上也没有什么分工，会开锁的只有鸡仔，因此他负责开门。本来是飞哥望风，我加入之后就变成了我，再后来变成抽签，因为这个事情的高潮就在于破坏电视的那一分钟，谁都不想错过。饰演快递我们轮流进行，降低被人记住脸的概率。留下记号这件事在我的强烈反对下取消了，实在太幼稚，简直是给警察留下靶子。飞哥依旧玩着他那个换书的小把戏。

后来，飞哥建议我们相互学习，共同进步，争取每个人都能独当一面。比如，让鸡仔传授我们简单的开锁技巧。再比如，对体力的训练是必不可少的，没哪个人想在逃跑时掉链子，这主要针对鸡仔。临场应变、逃生技能、电视机知识……虽然我们只是破坏电视机的，也要朝着飞天大盗的方向全面发展。

墙上那张地图上的红圈越来越多，每一个红圈都代表一个陌生的房子。那些铅笔标注出来的，则是我们去过却没能破坏掉电视的地方。原因是那些房子里压根就没有电视。

虽然是随机，但选择地点的时候，我们还是尽量避开了那些位置相近的地方，免得有人将这些奇怪的电视破坏事件联想到一块儿。

11

我们先是每周作一次案子,时间不固定,总是在尽量照顾每个人时间安排的基础上商议好下一次的碰面时间。地点是那个天台,即便那里被人发现也没关系。我们没有傻到会把作案工具什么的藏在那里。再说除了手套、用于开锁和破坏的一些工具、两辆车之外,我们也没啥特别的东西要带,完全没有电影里那么酷。我们的团伙性质和我们每个人一样散漫自由。我想这可能和这事儿完全不牵涉利益有关,我们不事生产,只搞破坏。

虽然作案的时候我们很少沟通,零星的信息还是令我差不多了解到,鸡仔家里是开杂货店的,他也就因此子承父业,但显然主要状态是游手好闲;阿杰两年前开始在洗车行做修理工,也兼做做擦洗、抛光、封釉什么的,从他的口吻来看,洗车行不会很大;飞哥是他们三个中最神秘的,我一直没搞清他做什么,只是透过外表看,他的受教育程度和经济状况显然都好过另外两个。还有就是他是我们四个中最忙的。

虽然没有直接体现出,但每次商议下一次时间时,我们需要迁就最多的人就是飞哥。他也不是说"我有事"或"我没时间",总是说,"这日子不吉利"或直接就是"还是换个吧"。

后来我们干脆就直接让他来决定时间。我和鸡仔一度猜测过他是不是有女朋友，鸡仔摆摆手表示绝对不可能。

"为什么？"

"直觉。"

为履行君子之交的原则，我也就没有继续和他探讨下去。

尽管一直没有遇到什么意外状况，我还是不由自主地在日常生活中小心谨慎起来。这点的直接体现就是我在公司的人缘突然好了起来。

在这儿干了三年，我能叫得上名字的也就是同部门的几个同事和需要打交道的那几个。由于是传统行业和传统单位，这里并不像外企或其他行业那样，流行聚餐、唱歌或出去玩这种单纯为社交目的而组织的活动。在这里，人们行动缓慢，做事缓慢，说话也很慢。像我这样年纪的年轻人虽然不多，也不至于硕果仅存，但我还是觉得自己不是在一个规划院工作，更像是在一个老人院疗养。

我的工作其实很无聊，大部分时间都不需要和其他人打什么交道。除了为工作目的部门会奖励一块儿吃个饭，同事之间私下并无多少来往。当然，我也不想和他们有什么来往。

每天去单位的时候，我总共需要穿过五道门，坐六层电梯，我的办公室在顶层。这意味着我可能会跟很多人打照面，三年来我都没有学会如何在电梯里与一个同事共处。刚来的时候，作为新人的惶恐还会令我学着如何使用简单的开场白，维持二十秒的谈话。你看，这话题必须要在电梯到达前正好完成，不能结束得太早,也不能到了还没结束。

第二年的时候,我已经能够很熟练地掌握这个要点。电视是其中的关键。在我所处的这样一个地方,大部分人主要还是靠电视维持他们和世界的联系。前一天的电视内容,就是我在电梯里主要使用的话题来源。

到了第三年,我已经够资格只用说一句"早",剩下的时间全在沉默。

现在,完全不一样了。我仿佛又回到了第一年的时候,那种不安全感重新回到了我的身上。我变得极为敏感,对每个人都礼貌有加,客客气气,甚至可以说是,殷勤。

我破天荒开始为同事带去零食、特产、小礼品,告诉他们这是我周末去附近的城市游玩带回的。实际上它们就来自我家附近的一家特产超市,那里能买到全国各地的特产。如果扩大规模,连全世界的都行也说不定。这个事连我刚来的时候都没做过。

他们先是惊愕,继而就心安理得地接受了这些从天而降的馈赠。但一个人的突然改变总不是什么好事情,很快就有令我哭笑不得的猜测出现,这和可能即将发生的人事变动有关。我也就停止了这种露骨的示好行为,转而内化为一种自然的善意:为进出门的人推门、发东西的时候选择那些瑕疵品、打破不自然的冷场。

我意识到这些变化来自一种负疚感,在这栋大楼上班的人,说不定哪个人的家就被我们造访过。但我很快就否定了这个分析。我恢复了在电梯里和同事用电视内容攀谈的习惯,通过蛛丝马迹猜测对方的电视是否出了什么问题,是否,就是我们干的。当事实朝着我猜测的方向一点一点挪动时,我体会到的不是一种害怕被发现的紧张感,反而是一种面对受害人的刺激感:我渴望与那些陌生房子的主人会面。

尽管从我们这个小小的单位与全市人口的比例来看,这是多么地不可能。

12

我原本以为有了这份新工作之后,我和女朋友见面的次数会开始减少,有了一个这样的新身份,谁还喜欢那些平庸无聊的日常生活呢。结果我们在一起的时间更多了,生活质量也大大提高。像所有男人那样,我也讨厌陪她逛街、吃饭或看电影。你们已经看出来了,她是一个既挑剔又任性的人。这意味着买一双鞋子或一条裙子,都要冒着跑遍全城的风险。

但现在我乐意陪她一起,不管是干什么。除了我一如既往地珍惜她之外,我发现每当从这种普通的生活中走出来,切换到反社会模式,都能获得一种新生般的感受。我需要普通生活来做这样一个背景色。那晚我买冰淇淋买不见了之后,她确实很生气,这也成了一个我事后补偿的好理由。

所以你能想象从春天百货四楼女装部的厕所出来,看到飞哥在和我女朋友说话,我有多么魂飞魄散。刹那间回转无数个念头,第一反应是拉着女朋友跑。

"你怎么了,脸白成这样?"女朋友终于看到我。

"没事。你们……"

"噢,我刚钱包掉了,多亏这位先生帮我捡起来。"女朋友朝飞哥微微一笑。

飞哥什么也没说,只向我点头笑笑,转身便走。

直到目送他完全离开我的视界,我才稍微镇定了一些。

"你们刚刚在说什么?"

"没有啊,就是客气一下啰。"

"哦。"

我拉着女友朝女装部深处走去,似乎那些密布的招牌和密集的人流能给我带来一点儿安全感。

"哎,你有没有觉得那人好酷?"

"没有。"我面无表情。

"总觉得好像在哪儿见过他……"女朋友喃喃道。

我想赶紧结束这个话题,让这个小插曲从我的生活里消失,拉着女友走进她喜爱的品牌店。

"打折哎,你不看看?"我鼓励她。

"啊,好哦。"

我满意地看着女朋友立刻冲向了货架。

"伊桑·霍克。"结果在我拎着一篮子衣服裙子排队付款的时候,女朋友没头没脑地来了这么一句。

"嗯?"

"之前那个人啊,他有点像伊桑·霍克,难怪我觉得面熟。"

"伊桑·霍克是谁?"

"《爱在黎明破晓前》,你没看过?"

我摇摇头。女朋友撇了撇嘴摆了个她一贯的不屑表情。

我和飞哥再见面的时候,对此事都绝口不提。我努力说服自己,那不过是一个巧合,这城市就这么大,在同一时刻同一栋商场看到一个掉了钱包的姑娘,那姑娘的男友是自己作案团伙的搭档,这有多么不可能呢。

这有多么不可能呢。

这事之后的一段时间内,我觉得生活中到处都有飞哥的影子。地铁、书店、超市、大街,我总是恍惚以为自己看到了飞哥,有一两次我甚至去拍了拍那家伙的肩膀,都是以"不好意思我认错人了"或"你这件衣服不错哪儿买的"结束。

所幸这个插曲对我们的工作并无影响,它反而将我对普通生活的自我暗示的依赖打回原形。并非每次破坏掉一台电视后,我都会强烈地渴望回归平静的日常生活,而是相反,每当日子照常发展一段时间,我便极度渴望套上灰色卫衣、拎着装工具的尼龙袋回到那个天台。在破坏电视这件事上,我们都获得了一种玩游戏练级般的成就感。

我们的作案频率开始稳步上升,等回过神来的时候,已经从一周一次变成了一周两三次。飞哥似乎突然不那么忙了。他体现出一种比我们更加迫切的事业扩张的愿望。有一次假期,我们甚至连续三天干活，闯了六个小区，毁掉了十五台电视。打开一扇门对我们来说就像开彩票，如果一户有两台电视，就算中了双色球，有三台，就叫福彩3D。T大学聚居区那样的地方，简直户户都是大乐透。但那里除非特殊时间点，我们一般不敢轻易下手。

为了更高的效率，我们也不再使用早期那种虽爽快却不免蠢笨的暴力破坏法，而是尽量找到每台电视的死穴，只要拆开破坏其中的线路或某些关键组件，便能让它彻底瘫痪。破坏后我们依样还原，电视机的主人如果不常看电视，可能要很久之后才能发现。除非送检，否则他大概也绝对想不到这是人为破坏。

作为这个世界的影子，只有尽量抹消自己的存在感，我们才能尽量久地存在下去。

13

这一天，我们选到海运街34号15号楼302的时候算是格外顺利，前后只花了十来分钟，所以随着范围一步步缩小，我也并没留意飞哥脸上的表情有什么变化。事后想来，那也许是值得一看的。

海运街是一条老街，和我们每一个人出生的街道一样，经历了几次投胎已变得面貌相近。在抵达30号以后找到34号，要跨过共用32号的兰州拉面、康康足浴、思捷汽车维修、乐万家水果店和快客便利。这过程倒是没人被迷惑,毕竟斗大的小区招牌悬在那里,至于定位15号楼,则确实需要在门口看一眼小区平面图,我记得看的时候,是飞哥带领着我们。

假装快递摁过门铃,幸运的是没有回音。我们留在楼下望风,这次是飞哥上去开锁,他用了比平时更久的六分十二秒,之所以知道得如此精确,当然是因为我和鸡仔一如既往地打了赌。

门口摆着两双拖鞋,房间铺的实木地板看起来有年头了。吊灯倒像是新换的,灯罩干净透明,灯泡是节能的,白亮得像是随时会爆掉。茶几和一个书橱的形制是宜家款,可能来自网购,插在胡桃色的老家具中显得格格不入。电视机是颇为气派的60英寸松下,电视机背后的墙像是音乐厅的墙壁样式,坑坑洼洼,大概屋主对音效并无太高要求,或者在自己家里也超讲公德心。总体而言,这屋子像是有个刚刚成年又还无法脱离家长羽翼的子女,努力在出生其中的家庭里留下自己的印记。

也许就是因为输了钱心里不爽,鸡仔才会去百无聊赖地玩弄陈列架上的武士刀,连戴手套的手都被割破了。戴手套其实纯粹因为这样比较像模像样,留下指纹我们倒不大害怕,毕竟我们都没留下案底,警察也不大可能对一场莫名其妙的"被砸案"兴师动众取什么指纹,哪怕房主会虚构出三五万的损失。但留下血,可能会让警察对罪案性质的评估升级。

为了应对这情况,飞哥拿来了纸巾盒、创可贴和一个装着白色粉末的盒子。

"这是啥?"我问飞哥。

"漂白粉。"

我后来猜测,是《CSI 犯罪现场调查》给了飞哥让漂白粉登场的灵感。这对才沾了几滴血的地面多少有点大材小用,但看起来飞哥擦洗得乐在其中,把电视机和鸡仔都扔给了我们。鸡仔的伤口说大不大说小不小,阿杰用完了剩下的五张创可贴也没把流血的地方完全盖住,只好又垫了一小片纸巾了事。刀锋上倒是没沾多少血,忌惮它锋锐的阿杰对怎么擦它有所犹豫,几乎下意识地去拿架子旁的一块擦刀布。

"用纸巾!"飞哥及时提醒了他。

沾了血的纸巾总共有五六张,还不足以让纸巾盒看起来明显变空。擦完地面的飞哥在洗手间把马桶水箱里的进水浮标摁低了十几秒,增加了马桶的进水量,把带血的纸巾都冲进了下水道。这样处理比带着它们出门安全多了。

"我们走吧。"飞哥发出撤退指示的时候,我已经完成了自己的任务,不用测试都知道那台松下已经没有任何用处了。

这次的过程非常顺利,顺利得让我起疑。

"等一等。"我说。

所有人都立刻停下了脚步,以为自己正要踩上什么陷阱,造成麻烦,但马上发现其实并没有。

"怎么了?"飞哥问。

我紧盯着飞哥的脸,从那上面看不出任何蛛丝马迹。如果不是加上最后他转身的时候从口袋里露出一角的东西被我看见，我几乎都要以为完全是自己在胡思乱想。

"为啥你对这个房间那么熟悉呢？"

"你说什么呢？"飞哥笑着问。

"你怎么知道漂白粉和创可贴放在哪里？"

"找的呀。"

"那动作也未免太快了吧？"我自己家里的创可贴我都没办法那么快找到呢。后面这句我生生忍住了没说。

"别无聊了，快走吧。"飞哥想打哈哈糊弄过去，而鸡仔和阿杰果然也吃这套，准备转身和他一起走。

"你怎么知道水箱不加点水的话就没法把纸巾冲下去？"

这个举动确实奇怪，连鸡仔和阿杰都看得出来，太过胸有成竹了。飞哥很细微地皱了一下眉，仍轻松地回答："一般都是这样吧，纸巾比卫生纸轻呀，水量不大就冲不下去的。你家里不是这样吗？"

飞哥看看我，我不为所动地盯着他。他又转头看了看鸡仔，鸡仔犹豫了一下，还是摇了摇头。

我知道这仍然不是致命一击。

"你还从屋里拿了绷带装在口袋里，为什么不拿给鸡仔用？"

飞哥下意识地朝右边扭了扭头，这下不用我说，鸡仔和阿杰也知道了该看哪只口袋。

"真的吗飞哥？为啥不给我用啊？"鸡仔的语气里怨怪多于疑问。

我替他回答了:"他本来是准备拿给你用的,但临时想到,这样一来自己熟门熟路这件事恐怕太明显了,所以才变卦的。"

说完这个,我就打住了,把九成九确定的推测压在喉咙里,等待着飞哥的解释。

"没错,这里是我家。"飞哥叹了口气,打开冰箱门,拿了一罐可乐给鸡仔,然后是阿杰,"确切地说是我妈家。"

14

我拒绝了递给我的可乐,欣慰地看到了阿杰也只是把它放到了一边桌上,只有鸡仔跷着受伤的手指握着易拉罐把它打开了,随后他发现了我们俩的神情,总算在可乐沾上嘴唇前停了下来。

"你家的电视挺不错呢。"我看着地上的残骸点头赞许,"比我以前的那个大多了。有没有你家的大,阿杰?"

"我家没电视。"阿杰冷冷地回答。

"是啊,飞哥,为啥你家还有电视呢?嗯,砸别人的电视跟自己家有电视倒也没啥矛盾的。"我的话里已经一点客气都不剩了,讥嘲之外还带怒气。

飞哥耸耸肩:"半年前,我已经从这里搬出去住了。"

"半年前?"我夸张地故做思考状,"也就是说,当你决定开始代表正义破坏电视机的时候,你就从有电视的家里搬了出去?"

飞哥烦躁地"啧"了一声："你到底想说什么?不是都已经被你毁了吗?"

"要是我们今天没有意外选中你家,你是不是还打算过着周末回家看看电视、喝喝可乐的悠闲日子?"

飞哥沉默不语。

"算啦算啦,"鸡仔见气氛太僵硬,出来打圆场,"要是抽中我女朋友家,别说砸电视了,就是撬个门我都没那个胆子。飞哥,你就直接承认是个妈宝男就好了嘛。"鸡仔笑嘻嘻看着我和阿杰,"啊?你们说是吧?"

阿杰大概也觉得,飞哥没有第一个毁掉自己家的电视,虽然不那么真诚,但也属于人之常情,再说整个过程他都没有任何阻拦,实在不值得为此翻脸,便放松下来,又拿起了可乐。

只有我,还在等着飞哥的一个解释。

鸡仔已经开始重新打量这个房子,现在它有了完全不同的意义。鸡仔开始好奇地研究陈列架上的东西,他拿起一个相框,上面是一对母子的照片。

"哇,飞哥你都没怎么变哎。"

飞哥这时才像触电般醒过来,匆匆走过去从鸡仔手上把照片拿走,放回原先的地方。

"别乱动,我妈很敏感的。"

"啧啧,还不承认是妈宝……"

"少放屁。"

"阿杰,你别那样喝可乐啦,水都滴到地板上了,小心被某人骂哦!"

把门"砰"地带上的时候,我听到鸡仔的声音从里面传出:"那家伙来大姨妈了吗,又不是什么大事……"自那以后,我很久都没有回到那个天台去。没约好下次的日期,我也不知道该什么时候回去。虽然我心里很清楚,按照我们目前的频率,随便哪一天去都很有可能撞上他们。

我不是没有反省过自己的反应是不是有些过度,毕竟我们没立下什么投名状,规定要练此功,必先自宫。虽然我的电视被他们砸了,但也非我自觉自愿。以这样一个天外飞来的制高点去批判飞哥的虚伪,实在站不住脚。或许是我对飞哥的期望太高了,他在我心里成了一个符号。破坏电视不是意义,他这个破坏电视的人才是意义。

我拼命压制这个过于可笑的想法。

15

是飞哥找到了我。

打开门见是他,我的本能反应是关上门。他重新敲门:"你再不开我就叫了哦。"我坚决不开。他"咚咚咚"捶得越来越大声。我听到对门邻居开门的声音。"这家伙欠我钱。"

老太太义不容辞地出来帮飞哥一起劝我:"小伙子,你还是把门开开吧，快过年了，谁都不容易。"

我只好飞快地开了门，又飞快地把门关上。

"你竟然还记得？"

"第一次嘛，这么有意义，当然记得。"

"随便坐吧。"我去冰箱找还有什么喝的。

飞哥为难地打量四周："我想随便也随便不了啊。"

"是，哪有你家宽敞。"我递过去一罐可乐，飞哥接过来。我将被衣服、包、文件堆满的沙发理出一小块位置。

"不坐了，说几句话就走。"飞哥把可乐放在茶几上"关于上次那件事……"

我摆摆手："不用说了。"

"你不在的这段时间，我们也没开工。"

"哦。"

我没有要继续接话的意思，一时有些冷场。

"咦，这个我小时候也有。"飞哥拿起书柜上一个飞马玩具，那是我的娃娃战利品里少数不那么女性化的，我可以用来装点一下简陋的出租屋。

"你也是抓来的？"

"不，我那个是别人送的。"

"哦……"

话题又无法继续了。

"我一直没有讲过我为什么讨厌电视。"飞哥在那一小块沙发上坐下，打开可乐。

我挑了挑眉毛:"我能猜到。"

"哦?"

我当然能猜到。讨厌电视?这实在是一个过于形而上学的心情。这就是为什么如果鸡仔或阿杰家里还有电视,我完全可以接受。事实上,我怀疑鸡仔没有电视压根就活不下去,我都能想象他含着薯片睡着在电视机前的样子。每次和我们干完一票后,回到家里,和他那体重相似的父母围坐在电视机前吃饭,对鸡仔来说肯定用不着做什么心理建设……

"你该不会想到什么反对现代文明啊、复兴传统生活啊,甚至什么哲学啦、知识分子啦之类的吧?"

我愣了一秒钟,赶紧摇摇头。

"那就好。"

"所以……"

"我妈是个虐待狂。"

"啊?"我无论如何也猜不到飞哥会冒出来这句。

"从小她就经常揍我,因为各种各样的小事。"

"其实……我小时候也经常挨打。"

"你知道用牙签戳哪根手指最疼吗?"

我摇头。

"一般小孩都知道爸爸的皮带抽人很疼,其实女人的丝巾浸湿了抽人更疼,而且留下的印子消失得快,第二天就能上学。"

我情不自禁在地上找了块垫子坐下来。

"你有没有穿新鞋子把脚后跟磨破的经历?"

飞哥没等我做出反应就接着说：

"有时候，我妈懒得揍我了，就拿张磨砂纸来，把我的脚后跟磨破，这样，我只要穿鞋出门，就必须忍受疼痛。当然了，我也不傻，一出门就找个树叶裹上。哦对了，不是什么树叶都行，银杏叶子太薄，海棠树的又太厚，最好是薄荷叶，本身就能消肿止疼。"

飞哥已经沉浸在回忆中自顾自地说，我像是个听故事的客人。他的表情不像在说什么可怕的事，倒像在说一个童话。

"理由当然有很多，但最常用的就是电视。"

飞哥转过头来看着我。

"我小时候很爱看电视。"

我点点头，谁小时候不爱呢。

"无论什么节目，只要有画面在那上面，我就会一动不动地盯着看。如果没人管我，我能从醒来看到电视出现那个黑白球形画面。你小时候爱看什么？"

"动画片，还有一些少儿节目吧。"

"我最爱看《我把妈妈变小了》，"飞哥顿了顿，"我每天都幻想，如果有天我真的能把妈妈变小该多好。"

"……你刚说你妈揍你的原因最多是因为电视？"

"嗯，因为她比我更爱看电视。"

"所以她看的时候你就不能看？"

"如果我试图切换频道，就会死得很难看。"

"你们不能一起看？"

"她不允许。"

"那趁她不在家的时候呢?"

"她很少不在家。"

"总会有不在家的时候吧,比如上班?"

"她是个残疾人。"

我猛然想起那天在他家看到的照片,那上面的女人确实是坐着的。

"我三岁的时候,我们一家三口经历了一场车祸,她后来就没法站起来了。"

"你爸呢?"尽管心里隐隐觉得不该问,还是问了。

"没死,我和我爸都没死,不过他很快找了个新女人,丢下我走了。"

我"哦"了一声,试图把这样一个家庭悲剧的完整拼图拼出来。心理创伤,由爱生恨,虐待成性,终生只能坐在电视前打发时间。

"她心情好的时候,我们会一起看电视,她甚至还陪我看过几集《小飞象》。不过,这也是她以为自己还能再次站起来的时候发生的事了。"

我沉默了,他也沉默了。墙上的钟"嘀嗒"转了半圈。

"这就是你为什么讨厌电视。"

"这就是我为什么憎恨电视。"

"那个地址不是随机选出来的?"

飞哥点点头。

"你是故意把我们带到你家的?"

飞哥苦笑了一下:"幸好你们对选地址这事儿早就没兴趣了。"

"你等了多久才等到这一天?"

"那天是她每年去医院复健确诊的日子。虽然十年前就被告知不可能……也就这件事,能让她每年出一次门。"飞哥喝了口可乐,"你说她是怎么有勇气每年让自己这么绝望一次的?"

希望。我在心里默默吐出这两个字,然后原谅了他。

16

房门第二次敲响的时候我以为飞哥忘了东西,打开门才发现是警察。

完了。

飞哥被跟踪了,现在已经在警车上了。

想到这一点的时候,我一点儿没有恐慌,反而十分平静,差点儿要伸出双手等着被铐上。

谁知警察开口却是:"你半年前报过案?"

我愣了一下:"是啊。"怎么都想不起来这个警察跟报案那次是不是同一个。

"记录上说你当时有一台42英寸的电视被砸了。"

"嗯。"

"还有一个……剑玉失窃了。"

"是。"

"那个是啥?"

"一种玩具。"

"哦,价值二十三块?"

"是……我想问一下,您来找我是?"

"这个案子有了突破性进展。"

"哦?"

"最近发生的几起连续电视破坏案显示,这是一个作案团伙,你的电视很可能也是他们破坏的。"警察拿着记录本,上面是其他案件的信息。

"哦——"我尽量表现得像个受害人,"那……他们为什么要破坏电视?"

"闲得。"

"原来如此。"我是真的发自内心佩服警官的这个答案,"你们怎么知道是一个团伙作的案?"

"你当我们吃干饭的吗?"他看我的眼神不像我是一个白痴,而像我看他是一个白痴,"一伙盗窃惯犯,他们盗窃的方法就是他们留下的指纹。"警察说出了推理小说一般的句子。

我的嘴巴张成了一个"O"形。

"不过像这种每次作案都要耍酷留下记号的,就真的是自己找死了。"

原来连飞哥那套小把戏都被发现了,我的心一点点下沉。

"那……我电视的损失啥时候可以得到补偿?"

"快了快了,他们被抓住也就是三五天的事。"

我心里如击大鼓。

"你们已经有线索了?"

"不然来找你干吗?"

"嗯?"

"你当时不是看到他们了嘛。"警察不耐烦地说。

"对……不过房间没开灯,我也没太看清楚啊。"

"一个是瘦高个,一个是左撇子,一个很胖……"

"不不不,完全不对。"

"什么?"

"一个是很瘦的矮子,大概这么高。"我用手比了下自己胸前,觉得略夸张,又提高到肩膀,"一个是右撇子,那个很胖的没有很胖,大概也就比你瘦一点。"我看着警察空荡荡的裤腿,"呃,你有多重?"

"你确定?刚刚你不还说没太看清吗?"

"一开始没看清,后来,月亮,爬上来了。"我目光坚定清澈地看着对方。

"哦。还有一个……"

"还有一个?"我心跳又开始加速。

"还有一个身高175厘米左右,体重不超过80千克,左腿比右腿长一点。"

"……左腿比右腿长你都知道,那无名指和食指哪个长你知不知道?"

"根据脚印判断,他站着的时候严重右倾啊。"

我不动声色地站直了。

"这肯定搞错了,我就看到三个人啊。"

"后来才加入的呗。"警察停下记录的手,"好了,你说的我都记下来了,你就等着好消息吧。对了,你要是还能想起什么就给我电话。"说完递给我一张纸条。

把门关上前,我突然想起一个细节,便叫住他。

"你刚刚说他们是盗窃惯犯?"

"嗯,怎么了?"

"他们还盗窃了?"

"是啊。"

17

"我真服了你。"

我把事情原原本本复述给他们三个听的时候,阿杰忍不住喊。

"怎么了?"

"干了半年活了,你都不知道我他妈就是右撇子吗?"

阿杰右手拿着奶茶杯在桌上掼得直响。

"……对不起,我当时太紧张了。"

"警察就他妈犯了一个错,还被你给纠正过来了。"

"阿杰,别生气了,他也是好心嘛。起码我和飞哥现在安全了……"鸡仔夹了一块叉烧,犹豫了一下,还是放在了阿杰碗里。

"安全个屁!他说的那话别说警察了,我都不信。你已经上了证人黑名单了,我估计你现在在人家眼里不是弱智就是……就是跟嫌犯有关系!"

我低头不语。工作日中午,这是我们头一次在天台之外的地方碰头,市中心商业区的一家茶餐厅,人满为患,没人在意旁边坐的是一伙大盗还是一伙人生赢家。

"比起这个……"飞哥终于开口了,"盗窃是怎么回事?"

"栽赃陷害!"鸡仔一边往嘴里塞肠粉一边说,"绝对的栽赃陷害,不往我们身上多安点儿罪名,怎么立大功?"

"嗯……说不定是内部腐败,借我们洗他们自己的黑钱。"阿杰沉思道。

"还有一种可能,受害者撒了谎,想多讹点儿赔偿。"鸡仔补充道。

我吃惊地看着他们。

"干吗?你平时不看警匪片啊?"鸡仔说。

"我还是觉得有点不对,"飞哥皱眉,"我们的手脚已经很轻了,他们怎么现在这会儿发现这些坏掉的电视之间有联系?"

"还不是你摆酷留下的记号。"我终于忍不住怪道。

飞哥摇头:"不会啊,一般人根本就发现不了自己家多了本书或少了本书。即便发现了,也能找出无数个理由说服自己。"

这点我倒也赞同,一开始飞哥留下的那本书,我虽注意到了,却压根儿没当一回事。

"总之这段时间我们先各自避避风头。"

我们各自掏出钱包来结账。

"下一次什么时候碰头?"

飞哥沉吟片刻:"我会单独和你们联络。"

原来飞哥和他们也有单独的联络方法。我想起了那些从未过问的问题,他们在各自的生活里有交集吗?在这个谋杀电视机小组成立前认识吗?然后我又一次想起了那次飞哥误入我的生活,是故意的吗?

这之后不久的一天,我回家发现门缝里塞了张纸条,上面只写了一句话:

"是鸡仔偷的,小组解散。"

18

警察没有再来找过我,飞哥也没有。

我对这样一个戛然而止的结尾相当不满。

尽管鸡仔在每次作案的时候,都会对屋子表现出异乎寻常的兴趣，但我从来也没想过他会偷偷摸摸拿点别的东西走。我的剑玉、飞哥家的刀剑……我潜意识把这些迹象归结为顽童心性，怎么能算偷呢？

但我明白我这种为他辩护的心理完全不成立，事实上，他应该是我们中最可能叛逃的，对他来说，砸电视和砸电脑大概压根就没有区别，参加破坏小组不过是一个游戏……他不像我们，对破坏电视机有一种更接近信仰的确认。

我们……

我什么时候把自己讨厌电视这件事看得这么严重了？飞哥有他的理由，我的呢？

"喂，你不看《两小无猜》啦？"女朋友打断了我的思绪。

"宝贝，我有点困了。"我抛下女友走进卧室。小组解散之后，我几乎就没再陪女朋友看过电视。

这感觉有点像失恋，不，更强烈，应该是曾经征服过的战场，再次被敌人占领。我忽然想到被我们砸了电视的飞哥的妈妈，那个心理变态的女人，现在她的面前会不会已经多了一台新电视？比之前那台60英寸的松下更大，更清晰，更令她无法移步？

现在他们都在做什么呢？我躺在床上怎么也睡不着。

卧室门开了，女友面无表情地站在门口："不行，我就要你陪我看。"

我没有发出声音，假装已经睡着了。

灯被打开了："别装了，呼噜声都没有。"

我只好翻身坐起:"宝贝,我真的很累。"

"你已经很久没有陪我看电视了,你没发现吗?"女朋友声音委屈。

"可我真的不爱看电视啊。你让我陪你干别的都行。"

"那好啊,走走走,我们现在就去连卡佛。"

"别闹了宝贝。"

"真的呀。"

两小时后我躺在了自己的家的床上,依然无法入睡,不是因为刚刚又和女朋友吵了一架,而是绵延数日的失望之情。

难道就这么结束了?金盆洗手,重新做人?不,能不能重新做人还得看警察的行动力。但我心里隐隐期待即便是被捕了也比这样一种结局好。

正胡思乱想的时候,我又瞄到了那张地图,上面的红圈排布均匀,我突然想到了什么,便跳起来认真看那地图。

这太奇怪了。

不顾时间太晚,我立刻拨通了那个警察留下的电话。

19

"模仿犯?"

"对。"我气喘吁吁地扶着墙,飞哥从只开了一条小缝的门里走出来。我知道来他妈家找他未必是个好主意,但也实在没有其他办法。飞哥看到是我吓了一跳,我听到屋内传来电视的声音,用询问的目光看着他,他点点头,示意我们去个方便的地方。

我们在附近找了个咖啡馆。

"我核对过了,警察发现的那几起电视破坏案根本就不是我们做的。"

"你确定?"

"每次做完,我都会记录下地点,而且这段时间我们也根本没有作案。"

"但他们描述出的嫌犯样子……"

"那点儿信息量套用在任何一个四人团体身上都可能成立。"

"他们发现的我的小习惯?"

"就像你说的,换书这种事根本就不会被注意到,所以留下记号也只是我们往自己身上生搬硬套的。"

"那鸡仔偷东西这事儿呢?"

"他到底偷了什么?"

飞哥欲言又止。

"到底是什么?"我急道。

"内裤……女人的。"

我用一种真相大白的目光盯着飞哥。

"不管是不是受到了我们的影响,很明显的是,除了我们之外,还有另一组同样是四个人的团伙在破坏电视机。"

喝完一杯咖啡,飞哥就匆匆回去了,他最后表示这事还要再考虑一段时间。我可以理解。

几天之后的中午,在单位食堂,我端着炒面和例汤找了个无人的四人位坐下,就着一本科技杂志边看边吃,听到旁边桌传来的对话。

"这场球我一定要看,你就跟我换一下班吧。"

"好吧好吧。你也太倒霉了吧,哪个小偷上门只砸电视啥都不拿?"

"……其实也拿了。"

"什么?"

"一张什么绝版唱片吧,我也不懂,我儿子的东西。"

"那一定很值钱吧?"

"值什么钱啊,一顿饭钱都不够。"

"哦。"那人听了很失望。

"据说这还是连环破坏案,我已经是第十几起了,这还是能发现的,没发现的不知道多少。"

"听起来怎么跟侠盗罗宾汉似的?"那人重又两眼发光起来。

"侠个屁。"对面的人狠狠地咀嚼着一块红烧肉。

我曾经想过单位的同事成了电视破坏的受害者,这真的实现了,虽然不是我们干的。

我还没来得及把这个发现告诉飞哥,回家的时候就发现门下又塞了张纸条,上面写了下一次碰头的时间地点,为保险起见我们没有再回到以前那个天台上。虽然飞哥什么额外的话都没写,但我知道,谋杀电视机小组又复活了。

20

我们没有在出现模仿犯这件事上做深入的讨论,这给人的感觉实在是奇怪,按理说出现同行或追随者,我们应当感到高兴。这增加了我们的风险,却也分担了我们的风险。我有一种不那么舒服的感觉,好像一个私密的小世界被外人闯入了,发现只有自己信仰的东西也有其他人在信仰。

飞哥体现出的更多的是一种竞争意识。当我转述在单位听到的对话时,他抓住的重点是,"才十几起?"然后露出一种稍显安心的表情。

我们立刻恢复了工作,许久未开工,大家都以一种前所未有的兴致投入重新开始的破坏工作中。我们在一周之内连续作了五起案子,破了之前的所有纪录。比过去多了的环节是,离开前检查鸡仔的所有口袋。

模仿犯似乎比我们更加疯狂。

那天我和女朋友刚刚结束一场床上的运动,我们躺了十分钟,她光着身子坐起,自然而然地摸到遥控器打开电视。我很不满意她把电视从客厅移到卧室这件事,自从这么做之后,我们每次做完爱就不再是聊天,而变成了她看电视,我起来打游戏。

我正准备披件衣服起来,却被电视新闻吸引住:"……据悉,这伙破坏团伙专门针对电视机下手,手段熟练,影响恶劣,请广大市民一定做好防盗工作……"

新闻同时配上了一户人家电视机被砸现场的画面,电视机四角被砸穿,屏幕碎裂,那是我们早已不再使用的破坏方法。

受害的户主十分激动:"电视是小事,可他们拿走了我珍藏了十几年的唱片!"

"什么唱片?"不露脸的现场记者问道。

"Television。"

我仿佛听到所有坐在电视机前看这条新闻的人发出了一声意味深长的"哦"。

女朋友奇道:"咦,莫非你的电视也是被他们砸的?"

"不是。"

"怎么不是?你当时不也是被入室砸抢的吗?"

"但不是他们干的。"

"别搞笑了,会干这么无聊的事,还会有两个团伙?"

"说不定还不止呢。"

女朋友见我开始阴阳怪气地说话,认定我是要和她吵架,便不再搭理我。

发现他们的作案手法还处在我们的早期阶段,我又得意又气恼。在心里我早就认定这伙人一定是邯郸学步,不知从哪里得知了我们的事迹,这才效仿学习。说不定就是我们曾经的受害者,受到我们无意的点化。他们一定是致敬者而非开创者。

如果有机会的话,我几乎想提醒他们看看新闻,别玩得太过火,见好就收。

这一天我们像往常一样闯进一户人家的屋子，电视静静地挂在客厅和卧室里，我把风，飞哥和阿杰分别去破坏那两台电视，鸡仔给飞哥打下手。

客厅里那台是我们拆过的45英寸LG，飞哥熟练地卸下了机壳后盖，然后准备毁掉机芯里的扫描电路，他突然停了手，皱起了眉头。

"怎么了？"鸡仔问。

"奇怪……"

我好奇地走过去，看到扫描电路的状态也非常吃惊。这时阿杰从卧室走出来朝我们喊："飞哥，我这里的电视好像已经报废了。"

飞哥抬起头："我们这儿也是。"

我和他对视了一下，立刻跑去检查门锁，果然，已经有被撬的痕迹，难怪刚刚那么顺利就进来了。

他们也许刚刚才走。

鸡仔指着电视机一角："这是什么？"那上面画着一只手，比着中指。

愚蠢而幼稚的记号。

21

模仿犯的进化速度令人吃惊。更令人意外的是，他们如此大张旗鼓地留下记号,却迟迟未被抓获。

警察就案件再来向我调查的时候,已经换了人。

"之前那个呢?"我问他,这是一个比较年轻的警察,还没学会怎么把制服穿出懒散的味道。

"噢,他升职了。"

"啊?嫌疑犯不是还没抓住吗?"

"别的案子呗。"

"那他就不跟这个案子了?"

"不然呢?"

"太不负责任了!"我发自内心咒骂,"当时不是说很快就能破案的吗?"

警察撇了撇嘴:"破案这种事,是要讲缘分的。"

"啊?"

"就是啰。"警察拿出四张画像,"这是根据几个目击者绘制出的嫌疑犯的画像,你看看像不像。"

"像。"我在心里嗤笑他们毕竟是新手,还不懂怎么防备无处不在的摄像头。

"你还没看哪。"

我低头浏览了一下:"就是他们,不过没画像上这么帅。"

"嗯,好了知道了。"他把画像收好,打量原本放电视的那个位置,"咦,你后来没买新的电视啊?"

"没。"

"为啥不买?"

"我不需要。"

"真好。其实我也不爱看电视，要不是我女朋友……"

"到底什么时候才能抓住啊？"我不耐烦地打断他。

"我刚不是说了嘛，破案这种事……"

"画像都有了还讲个屁缘分啊！"

"啧，你不要急嘛。"他收拾好东西，退到门口，"对了，你知不知道，作案者都有个习惯，就是他们会重新回到作过案的地方。"

"反正我没有。"

"什么？"

"我是说，如果我是作案者，我才不会干这种事呢！"

"要么怎么说你是受害者呢。"

警察出门前往我手里塞了张纸条："你要是能再次看到他们，帮我把这个转交给他们。"

他走以后我打开纸条，上面是一个地址，还附了一句话：

电视粉碎者，务必抽空光临我家。

22

"电视粉碎者"这个称号像风一般扩散到了整个城市。"新时代的切·格瓦拉""流行文化的革命者""身体力行的非暴力不合作"……我坐在马桶上看手机推送的这些文章标题，都看傻了。

短短几天内,几乎所有人都知道了我们这个城市有一伙专门破坏电视的家伙,知识分子为他们赋予了时代的使命色彩,比中指的手作为他们的标志像瘟疫一样蔓延开来。

上班的路上,我在地铁里看到一个穿着竖中指的T恤的家伙,还以为是巧合,走出地铁才发现这个世界几乎都被中指占领了。手机壳、T恤、背包、指甲、项链、文身,到处都是。你不得不佩服现代工业缔造流行的速度。

对面大厦几十米高的宽屏幕上正播放着某档节目对受害者的采访。

"那个人就'咻'的一个回旋踢,把那个电视踢了回去,然后这样……这样……这样,飞出窗外……"

VCR里,一个十来岁大的小男孩——我认出他就是那位我们在T大学附近聚居区撞见的家伙,正手舞足蹈地描述他见到的电视粉碎者。他说的是我,不过显然自己添加了许多武侠小说里看来的情节。

"你之前不是说窗户才这么点大吗?"外景主持用手比画了一下。

小男孩愣了,过了半天才缓缓开腔:"缩骨功你听过没有?"

现场主持颇为尴尬,暗示导播切到下一段。

"幸亏我那天被楼下快递拖住了,才十分钟,一上楼,电视已经不翼而飞了。"

"不翼而飞?"

"艺高人胆大。"

"可他们好像一般不偷电视啊。"

"一定是我的电视太好了。你知道吗,是……"

导播及时地在植入广告完成前切掉了画面。

简直是荒唐,我摇头准备转身,却被下一个接受访问的人吸引住。

"你们搞错了。"一个戴着超厚眼镜、穿格子衬衫的男人情绪激动。

"怎么说?"

"看,这就是证据。"男人拿着本书,特写显示那是一本地理图册,"这本书绝对不是我家的。"

男人站起来,走到书架边,指着一个地方:"他们留下了那本地理图册,然后拿走了我那本特朗斯特罗姆的《巨大的谜语》。"

外景主持人努力想在男人指着的地方看出一些空隙,证明这里曾经确实有一本叫作《巨大的谜语》的书。

"我家的电视不是这伙人干的。"

"那是谁呢?"

"我不知道,也许……是另一伙人?"

我差点儿要为这个书痴的敏锐鼓掌了,可惜导播又切掉了画面。接下来是主持人与社会学家、犯罪学家和心理学家的对谈环节。这终于促使我快步离开这块巨大的屏幕。

大众已经形成了对这伙模仿犯的基本认知,电视粉碎者,四个年轻男性组成,以神不知鬼不觉的手段在城市里破坏电视机,喜爱 Television 乐队,标志符号是竖中指。然而,人们对他们的兴趣远未停留在此一层面,更多的信息爆炸般从各种渠道铺天盖地散播开来。

"他们爱吃甜食,上周来我家毁了电视之后,冰箱里一磅的朗姆芝士也没了。"

"除了 Television,他们还爱听古典,最爱拉赫玛尼诺夫,对勋伯格深恶痛绝!"

"绝对的潜水爱好者。"

"其中一个男人是 Gay。"

之后,电视台不知从哪儿弄来了四人的犯罪肖像,那压根儿就不是警察给我看过的肖像,而是……比那还要帅很多。大众嫌"电视粉碎者"名号太长,缺乏朗朗上口的音调,干脆给了他们一个新代号,Television 4,简称 T4。

那四张不知道是谁的脸就此被当作新一代的偶像高高悬挂在这城市的居民头顶。我们对此哑口无言。

尽管这样,我们还是坚持了一段时间,继续以每周三至四次的频率闯入一栋栋房子,但很难再找到之前的那种快感,连鸡仔都沉默了起来。我们像已经结婚多年的丈夫对待床事一般敷衍了事,只想尽快结束这一必须完成的任务。完成之后,既没有成就感,也不感到低落。一种食之无味弃之可惜的信仰。

这种情况持续到某日下午我们闯入一户空屋时,房子静谧得不像话，桌上摆着刀叉餐盘，中间是一个餐盘盖，插着未点的蜡烛，四周是气球。

一台极为豪华的电视机则在客厅静候。旁边的 CD 架上是一排摆放整齐的 CD，Television 出道以来发行的全部专辑。

不必走进卧室我们已经清楚这是怎么一回事：卧室四周墙壁上贴的大幅 T4 成员的海报。

我们闯入了一户 T4 粉丝之家，主人专门布置了这样一所空屋，等待幸运的降临，看样子还请了人定期前来打扫。

这空屋让我产生了一种前所未有的惧意。我们在角落里果然发现了隐藏的摄影机。

"砸还是不砸？"拆了所有的摄影机后，阿杰站在电视机前问。

我们都看着飞哥，他沉默了数秒，然后掏出许久未用的锤子，向电视掷下第一锤。这是我们很久没有用过的粗暴方式。但这无疑是有效的，我们全都兴奋起来了，模仿犯出现以来所有的恼羞成怒都在此刻得到释放。

那电视彻底成了碎片之后，我们坐下来，将餐桌上为 T4 准备的高级甜食吃了个干净，CD 全部扔到了马桶里。我相信屋主能找到自我说服的理由，为何 T4 突然对 Television 失去了兴趣？

离开这所房子前，飞哥让我们先别走，他有话要说。

"这是谋杀电视机小组干的最后一单。"

我们吃惊地看着他。

"飞哥,不至于。"

"是啊,用不着跟那几个黄毛小子怄气。"

飞哥摇头:"你们还不明白吗?做这个已经没有意义了。"

我们望着地下那堆碎片,屋主大概会立刻置入一台新的电视,等候幸运的第二次降临。

"要么,我们把那几个小子找出来谈谈?"鸡仔语调阴沉。

"喂,你们难道想……"我盯着鸡仔和阿杰,"当然我也不是反对。"

"我已经决定了。"

说完飞哥大踏步走出去,我想起什么,追上他。

"飞哥,有始有终。"我把一本宜家过季的广告册递给他,"将就吧。"那房子里实在是一本书也没有。

飞哥点点头接过。他朝前走了两步,见我们没跟上,回头笑了笑。

"现在有一个更大的游戏,你们想加入吗?"

当然。

23

我们本以为电视台一定守备森严,抱着闯关的觉悟研究了电视台的内部架构,每一道关卡要如何进入,又有多少种替补方案在等候。我们花了一周时间做准备,保持健身、健康饮食和充足的睡眠，炸药的事交给飞哥搞定，门禁系统的突破方案交给鸡仔，阿杰和我则负责实地考察，搞清楚电视台的人员流动、交接班等情况。

下午两点，我们准时出现在电视台楼下，顺利凭借伪造的临时出入证进入大厅。要去的楼层是最高层的节目录制棚。选择《我把妈妈变小了》的原因很简单，老牌节目，有稳定收视群，全家共享。

电梯门开了，一群衣着光鲜脚步匆忙的男女拥出，我们刚准备进去，一个年轻女人抬头看到我们，惊讶道："阿杰！"

阿杰看着她，脸上逐渐出现表情："是你？"

"真没想到，高中毕业后就没见过你了，竟然在这里看到！"

"呃，真巧。"

"你来这儿干吗？"她这才注意到我们，"这些是你朋友？"

"嗯，算是吧……"阿杰紧张得话都说不好了。

"算是？"

"哦，我们其实是同事。"我赶紧笑着说。

"噢……话说你现在在哪儿高就呢？"

阿杰闭着嘴说不出话来，连连看我们。

"建筑设计事务所。"鸡仔抢道。

"这么厉害？"对方眼神瞄到了飞哥身上，"难怪你同事这么酷哈。对了，你还没回答我呢，你今天是来……"

"哦，我们接了你们台一个活儿，今天是来实地考察的。"

飞哥淡淡地说。

那女人显然被飞哥吸引住了。

"这样啊。哎那你看这样好不好,我带你们参观吧?"

"不用了不用了,打扰你多不好意思。"阿杰赶紧说。

"啧,老同学嘛,反正我下午也没事。"

飞哥点了点头,示意我们将错就错。由于这一突然情况,导致我们原本的计划被打乱……我们不费吹灰之力就到达了节目录制棚。但在这过程中,谢绝阿杰的同学带着我们满电视台乱绕,强力精简路线到达最终目的地,还是颇费了一番功夫。

虽然耽误了一些时间,还好到达时最新的《我把妈妈变小了》还在录制中,我们分头行动,飞哥去埋放炸药,鸡仔和阿杰去控制导播间,我在大棚现场戴上兔子面具等候就位信号。

现场的工作人员忙乱但有序,注意力全都集中在主持人"路宝妈妈"和三对母子身上。现在是心理问答环节,题目是"妈妈的尿不湿用完了,我应该怎么办"。没人注意到站在外围阴影处的我。

为了让自己保持冷静,我开始在心中默写世界上所有国家的名字、国土面积、人口情况。我感到一种奇异的违和感,惊异于自己还曾过过普通人的生活,上学、考试、工作、谈恋爱。

女朋友下班回家的时候应该会看到我写给她的分手信。

飞哥回来了,他拍了拍我的肩膀,就像邀请我加入小组时那样。我们什么话都没说。

我向着舞台走去。

"不好意思打断一下,我有几句话要说。"

工作人员一时没反应过来。"那小子是谁?""什么情况?""哪个粉丝又闯进来了?"此起彼伏。

导播通过话筒怒吼:"把那家伙给我弄出去……"还没说完就没声了。我知道鸡仔和阿杰已经搞定了那边。

"是这样的。"主持人和嘉宾都站在了一边,大眼瞪小眼,我礼貌地朝他们笑笑,"这个地方十分钟后就会爆炸,在此之前我想借贵节目说几句话,我们无意让所有人送死,所以你们按照我同事的要求播出去之后,就可以走。"我对着导播间的方向挥了挥手。

"如果你们不合作呢,我的另一位同事就会立刻引爆炸药。他现在就在录制棚外,如果他看到有任何一个人擅自出去……"我做了个爆炸的手势。

在场人员渐渐安静下来,他们总算弄懂了一点这是什么情况。

"现在,我的同事会引爆一点点炸药,让你们看看效果,也让你们相信我并不是在开玩笑。"

我刚说完,就听到一声巨大的爆炸声,录制棚后台一处被炸飞,硝烟中的碎片像雪花一样落下来,所有人这才爆发出尖叫。

恐惧的尖叫和欢乐的尖叫听起来区别很小,对了,这也是我们为何选择《我把妈妈变小了》的原因。这是个全封闭的录制棚,其他楼层的人听到再奇怪的声音,也不会觉得有多奇怪。

我静静地等他们冷静下来,然后看了看表:"现在还剩七分钟。你们的时间宝贵,请让我把话说完。"

"让他说。"导播间里传来了一句。

"特写机位在哪儿?"

一个摄影师怯生生地举起了手。我点点头,侧身面对那边的镜头。

"我接下来要说的话很简单,关于最近发生的破坏电视机行动,其实真正的作案者是我们。"

现场开始发出窃窃私语的声音。

"被你们当作流行偶像供奉的那四个家伙,我不知道他们是谁,但显然他们是冒牌货。"我猜兔子面具增加了我的话的信服力。

"接下来的话更重要。我们破坏电视与任何你们现在给出的解释都无关,既不是什么批判庸俗文化,也不是反对传播媒体,还有什么……企图掀起第四次科技革命?太扯淡了……你们听好了,我们破坏电视——"

所有人都好奇地想知道我会说出什么惊世骇俗的言论。

"我们破坏电视只是因为我们讨厌电视。就这么简单。"

一时没人反应。

主持人情不自禁接了句:"就没了?"

我没理她,鸡仔在导播间向我示意这段录影已经播送出去。

"现在还剩三分钟,你们可以走了。"

所有人潮水般拥出,不到一分钟,空荡荡的摄影棚里只剩下我一个。鸡仔、阿杰从导播间走出来。

"太热了,把灯关了吧。"

灯灭了,我摘掉面具,稍微凉快了一些,身上的汗已经浸湿了衣服。

飞哥走上来,递给我一根烟。

是糖。

"哇,没想到这么小,根本没电视里大嘛。"鸡仔打量着这个舞台。

"这是真的假的?"阿杰从桌上装饰用的水果中拿起一根香蕉。

"咬一口不就知道了。"

还有一分钟。

"说起来,我还不知道你们的大名呢。"

"知道那个干吗。"

"也是。"

还有三十秒。

"飞哥你到底有没有女朋友?"

"有啊。"

"哇,都快死了就别装了。"

10,9,8,7,6,5,4,3,2,1。

24

  我听到一连串的巨响,然后奇怪自己怎么还没四分五裂,天上落下的不是血,而是五颜六色的礼花碎片。

  录制棚的灯被一下子打开了,人群全部拥进来。

  飞哥、鸡仔、阿杰都笑着看着我。

  每个人都在鼓掌。

  主持人"路宝妈妈"走上台,给了我一个拥抱。我竟还有闲暇注意到她补了妆,衣服和发型也都重新整理过了。

  "恭喜你,成为本届《谋杀电视机》节目的冠军。"

  我茫然地看着她,周围的声音好像都成了白噪音,我不理解她在说什么,他们又在做什么。工作人员都回到了自己的岗位,所有的镜头都对准我。

  背景的大屏幕亮了,带着某种不祥的预感,我转过身去。

  画面上显示的是一个下降的电梯,电梯里的人各自休整状态,其中一个女人不断盯着电梯下降的数字,拿着纸条默念台词,深呼吸。电梯开门前所有人突然调整到了某种演戏状态,面无表情地走出,女人则伴随着一系列自然而然的表情变化,走出电梯,然后遇到了我们。

  "阿杰!"

  "是你?"

  刚刚我经历过的一幕,在我眼前进行另一个角度的回放。

你猜我现在是什么感觉？

这位阿杰的同学此刻从台下走了上来，对我伸出右手，我一个字也说不出来，只好对她伸出左手。她欢天喜地站在了一旁。

屏幕上出现第二个画面，那是最后一次来我家的警察在对我进行补充访问。当他说到"破案这种事，是要讲缘分的"的时候，台下爆发出一阵笑声。画面中的我关上门之后，镜头跟随他走出去，导播和工作人员出现，"不是让你不要过度发挥了吗？！"然后将他制服上的徽章撕下来，那是魔术贴。

继而是前两次跟我打交道的警察，第一位表演最为成熟，看上去完美执行了剧本。他们一块儿出现了，朝镜头鞠躬招手献吻。

更多的画面涌现，将屏幕割裂成了更多块。每一个画面的中心都是我，我，我。随着那些发生过的事情以上帝视角反复重现，台上的人也越来越多了，所有我生活里和与谋杀电视机有关的人逐一登场。我的眼前发黑，无法呼吸，感觉越来越站不住了。

一个应该是很重要的细节我怎么都想不起来了。

现在正对着我的是我们头一次作案的那户人家，通过多重画格我同时看到门外的音效师如何发出口技一般的声响，让门内的我们误以为这一家三口就在门口。不对，是我一个人。

几乎每一次我出现的时刻都被精心算好，伴随着一记无声的打板声和所有人心中默念的"Action"。

包括那一次我从春天百货的厕所出来，撞见女朋友在和飞哥说话。

"是你女朋友帮你报的名。"主持人微笑道，然后我女朋友走了上来，穿着她最贵的一身裙子，笑容满面，浑身散发着光彩。

她拥抱了我。

"我爱你。"

台上和台下都鼓起了掌，我看到有些人偷偷擦起了眼泪。

"我不明白……"

"我知道。"女朋友松开了我，朝镜头挥了挥手，也站到了一旁。

"等会儿会有我们的工作人员和你详细解释这是怎么回事。总之，你现在要做的就是接受属于你的荣誉。现在，请上在最终 PK 中的另一位选手……"

四个年轻的男孩走上舞台，我惊讶地发现他们是 T4。其中一个男孩冲我走来，抱了抱我，台下又适时响起掌声。

"哥们儿，你太牛逼了，竟然能撑到现在都没发现。你一定是真心的。"

"发现什么？"

"发现所有的这些都是一场真人秀啊。"他笑了，显然是已经遭遇了同样的茫然无措的阶段，对我的反应十分熟稔，"这个节目的目的是选出一个最讨厌电视的人，所以那个到最后都没有发现自己身处一场真人秀节目中的人，就是最后的赢家。"

"怎么……发现？"我十分困惑。

"要是你哪怕有一点儿看电视的习惯都能发现啊，每周五晚上八点。"

屏幕上，我和女朋友在家，我在客厅打游戏，而卧室里的电视机上正播放着《谋杀电视机》，那一周我们的精彩花絮让女朋友连连发笑。"什么东西这么好笑？""一个真人秀节目。""哦。""真的好好笑，亲爱的你不来一起看吗？""不了。"

我简直想抽自己。

"这些都是假的？"

"当然不了，又不是《楚门的世界》，只有跟破坏电视有关的部分才是。"

"为什么没有人告诉我？"

"我一开始也奇怪，后来问了其他选手，发现他们也一样，几乎没人愿意这么做，想想也是，大家都想把这戏看完呗。"

我想起了单位里那些窃窃私语和被我当成是社交有效换来的微笑。

"可是，赢了有什么好处？"

"好处？"他像看一个白痴似的看着我，"现在所有人都认识你，你还问有什么好处？"他适时朝镜头一笑，"当然了，我这个第二名也还行。"

我到底忘了什么？一定要想起来。

他走开的时候，我看到飞哥、鸡仔和阿杰重新走上台，显然是经过了一番精心的修饰，衣服没变——现在看来那已经是他们的角色造型了，鬓角、鼻梁、下颚都经过重塑，以更符合镜头的审美。

他们朝我走来，鸡仔递给我一支烟，然后打着了火机。

"不用了，我知道电视上不许抽烟。"台下发出了笑声，为我此时恢复的幽默鼓掌。

"你好，我们来重新认识一下吧。我是《谋杀电视机》节目组的演员，蔡杰。"阿杰大大方方地说，他完全变了个样子，一点也不再是那个阴沉笨拙的汉子。

"我是李天，怎么样，是不是演技超好？"鸡仔和之前的状态倒差别不大。

"路宝飞。"飞哥笑嘻嘻地看着我，"我一直对你都有信心。"

屏幕上正在回放我们深陷T大学聚居区那紧张的一刻，极为精彩的剪辑和背景音乐将之变成了一部《碟中谍》，台上台下的目光都被吸引过去。

"从什么时候开始的？"我面无表情地问飞哥。

"报名时间是三月初，十天后你被确认选中成为选手之一。真正开始，就是我们第一次碰面的时候啰。"

"除了我之外还有多少选手？"

"十个。节目组要配备一整套流程、人员、设施、计划，十套已经是相当庞大的工程了。"

我看着T4剩下的那三个，显然他们就是另一套的飞哥、鸡仔和阿杰。

"有些人很快就发现了,最终也就剩下了你和那个哥们儿。"

"他被淘汰之后就变成了模仿犯?"

"不不不,他是在炸电视台这一步之前才发现的,听说是为了确认《我把妈妈变小了》的节目时间,这本来不该是他干的活儿,然后就发现怎么都找不到这节目。"

"找不到?"

"对啊,这节目早就停播了嘛。"

我露出难以置信的神色:"可是……"

"你看的都是以前的,那也是我们安排好的。"飞哥见我绞尽脑汁回想,哈哈一笑,"可见你真的不爱看电视。"

"那模仿犯呢?"

"模仿犯?根本就没有。或者说,你,不,我们自己就是。"

"什么意思?"

"我们和他们,"飞哥指了指T4,"我们就像镜像关系,在他们那里,我们才是模仿犯。"

"不可能,不可能。"我仍然无法相信,"那些粉丝呢?你们人力再多也不可能实现啊。"

"确实。所以他们是真正的粉丝哦,不过是《谋杀电视机》节目的粉丝而已。"

"如果剩下的不止是我和另一组两组而已呢?"

"你还不明白吗?每组的行动计划都是被精心安排好的,

你们的世界永远不可能有交集，而模仿犯则是一个通用的对象，就算最后只剩下了一组选手，他也会以为还有另一组团伙的存在。只是，最后正好剩下了你们两组，节目组就和观众玩一个默契游戏啰。"

是啊，默契游戏。这似乎提示了我什么。

"默契游戏。"

"嗯哼，你没发现吗，除了我们既定的行动路线会看到的模仿犯的照片，在那些自发的粉丝行为中，根本就看不到模仿犯的样子。你还记得我们最后去的那个房子吗？"

我当然记得，那是导向我们走向最终章的序曲。

"在对方去的类似的房子里，卧室里贴的可是我们四个人的照片。"

我一句话都说不出来。那个细节还是怎么都想不起来。

"搞不好他们还会很愤怒，这四个家伙明明长得这么丑，竟然获得大众如此的拥护，然后感叹一下这个世道的审丑文化什么的。"飞哥说着笑起来。

屏幕上播放着我们从电视台一路被阿杰同学绕晕的片段，那看来也出自编导戏剧理论的一部分，用以吊足观众的胃口。

我看着台上的主持人："她看上去有些眼熟。"

飞哥点点头："当然啦，谁都认识。"

我摇头："路宝飞，"我盯着飞哥，"她是你妈对吗？"

飞哥撇了撇嘴："当主持人的有个当演员的儿子也不奇怪吧。"

"你说的那些虐待狂的事……"

"都是剧本啦。"飞哥满不在乎地说,然后,他迟疑了一下,"不过我是真的很讨厌电视。"

"嗯?"

"她只能在电视上出现,永远都没法在现实里陪我。"飞哥苦笑了一下,"我以为《我把妈妈变小了》停播,她就能安心退休,谁知又接手了这个活儿,还连我也招了进去。不过有什么用呢。"

主持人路宝妈妈,不,既然她已经不是《我把妈妈变小了》的主持人,也就不再是路宝妈妈,她打断了我和飞哥的对话,显然觉得我的疑问不可能全部问完,让一位工作人员带我去休息间休息。他们要重新布置录制现场。

被僵尸般搀扶着往外走的时候,那个之前不重要的细节终于慢慢浮现了出来,越来越清晰。

屏幕上,本应控制导播间的鸡仔和阿杰走进去和导播打了个暗语,交换了眼神,飞哥刚走出我的视线,助理就冲上来为他擦汗打理衣服。我在镜头里绕着摄制棚外围慢慢走着,仿佛在缓解紧张情绪,不时蹲下系鞋带。

只有我知道自己那时在做什么。小型炸药只要威力足够,鸡蛋大小就足以炸飞一间两百平方米的屋子。这个录影棚大概三百平方米,我放了五枚。

"飞哥。"我扭头对他喊,他向我微笑挥手,我磕磕绊绊,但还是说了出来:"替补方案,我替你做了。"多准备一套炸药是飞哥提过的,我只想确保万无一失。这是我们之间的默契。

我看到他先是一愣,笑容慢慢凝固了,然后冲过去想抱住主持人。我不知道他能不能抱上。

10,9,8,7,6,5,4,3,2,1。

这才是真正的倒计时。

大头马,自幼喜爱文学和电影,小学三年级开始在媒体发表作品,2012年之后开始写小说。小说《谋杀电视机》获豆瓣阅读征文大赛虚构组首奖。现为职业编剧。

白夜照相馆

王苏辛

1

很多人无法想象九年不谈恋爱是个什么感觉,但对于赵铭和余声来说,这是稀松平常的。

这两个人,一男一女,彼此没有别的事情要做,除了照相馆的这点事务,也都没有什么业余爱好。余声留短发,个子高,远看过去,和赵铭一样是个男人。偶尔她也会走出照相馆,在展春园西路的菜市场和超市逗留。赵铭则会把店里的地板拖得铮亮,窗户和牌匾也擦得很干净。任凭门口的手抓饼摊和炒冷面摊如何热闹脏乱,这块店面仍像是玻璃一样。

他俩来这里很多年了。尤其是余声,时间在她脸上留下许多痕迹。她的颧骨比年前时要高,本就瘦的脸现在看起来更长了。眉毛画得很细,眉峰有些高。双眼皮打着很重的眼影,可还是遮不住皱纹。

赵铭是第一代白夜照相馆大师傅的弟子，余声在他后面来，大师傅一开始不收她，思虑良久，最终还是收了。他们以前做什么，驿城没有人知道，不过他们现在做什么，驿城人也不是都知道。

人们很轻松就能找到白夜照相馆。

它大概是这座城市唯一不需要打广告便人尽皆知的店铺。从十五年前成立伊始，它就因为收费低廉且拍得一手好全家福闻名全市。但随着照相机的普及，如今也很少有人来白夜照相馆照全家福了。除了几个老熟人，赵铭和余声哪怕一整个白天都躲在店里，也迎不来几个人。

不过，到了晚上，一切就都不一样了。

余声会在晚七点准时从超市回到店里准备晚饭。赵铭则清洗好厨具，二人像老朋友那样端端正正坐下来，面对面吃完一桌菜。八点左右，会有人开车或乘着地铁，或坐着公交车，甚至步行，来到白夜照相馆。

他们一般都很默契，彼此不交谈，坐在外间等号的时候，即使碰见认识的人，也不答话。整个照相馆的人很多，却又心照不宣地安静着。赵铭和余声则分别记录下来访者的要求、信息，以及登记收费和取照时间。等到一圈忙完，已经接近十一点钟了。

余声会准时把店里的灯灭掉，以防再次有人敲门，赵铭则在通讯录上搜索合适的"模特"——为了拍摄那些特殊客人要求的照片。模特们一般都在外地,只在周末或者节假日集体从外地赶来,有的时候,他们二人会带着设备过去。拍好照片之后,赵铭会长时间躲在暗房。有时候,是余声长时间躲在暗房。反正不管是谁,他们总是分工明确。

因为长期的相处,他们长得越来越像同一个人。很多时候赵铭走在路上会被当成余声,而余声走在路上会被当成赵铭。当他们一起认认真真坐在店里等待客人的时候,才是分离的个体,能代表自己,不必茫然地面对各式各样张冠李戴的提问。这真是奇妙的景象。

只是这天这种景象还是被打破了。因为来了一个"迟到"的客人。

如果按照白夜照相馆的江湖规矩,即——深夜十一点之后不接客,那李琅琅是绝对进不到店里的。虽然这个移民城市从来不缺新面孔,但像李琅琅这样的,确实很少见。

她身高一米五,娃娃脸,是去年三月来到驿城的,身边没有什么亲戚朋友。在旅馆住到第三个月才找到工作。做最久的一个工作是在水电站。那阵子,人们时常会在驿城大坝看见李琅琅。她的长发向后飘着,迎着城市新一波的雾霾,看起来扑朔迷离。

后来,随着新的移民逐次到来,新的猜测渐渐碾压了人们对李琅琅的好奇。那时候她已经是驿城幼儿园的一名大班老师,租住在城郊的一座公寓,每天要花近两个小时在路上。去得早,却走得最晚。时常园里最后一个小朋友被接走很久,她还在荡秋千。有时候赶不上末班地铁,还要打黑车回去。问她为什么这样,她都说是因为一个人住没意思。可一个外地女孩子,性格不算热闹,似乎不谈恋爱,没有不一个人住的道理。

——这都是李琅琅告诉赵铭和余声的。

在余声和赵铭从前拍摄的那些照片里,一般还是会有一两个和索照客人相关联的亲属朋友,只是这些亲属朋友不是老年痴呆,就是躺在床上不能动弹,或者与客人属远亲,任凭客人编造一些过往细节,也看不出什么——总之是些永远没机会到驿城来的人。他们是移民到驿城的亲眷摆在故乡的玩具,在需要的时候拿出来展示一下,不需要的时候就继续陈列着。

白夜照相馆的规矩是,客人必须无条件把自己的情况告诉他们,余声和赵铭才能拍出好的照片。可李琅琅要求很多,却没有具体的细节和一两个亲眷供参考——很难想象,这样一个各方面看起来正常的人,说她没有可仰仗的故乡,多少有些怪异。赵铭和余声淡淡地理解成李琅琅不愿意提罢了。一切记忆的伪造都是为了符合现在,过去如果是一片空白,反而更适合他们的"创作"。

"我需要十几个人的照片。有合照也有单人的,最好里面有一个老头儿,还带着个女儿。"李琅琅坐在沙发上,半截身子慵懒地埋在靠垫里,两腿则并直放着,双手不知放在哪里,只能玩着沙发边角。她详细交待着自己的需求,生怕余声和赵铭不清楚。

"还有吗？"余声职业性地问。

"我需要他们都看起来很有钱。"李琅琅一字一顿地说，"费用我会是别人的三倍。"

"下个月三号，来这里取照片吧。"赵铭说。

李琅琅没想到他如此干脆。她站起来，感觉马上走又太突兀，只好不确定地问道："那个，你们是夫妻吧？"

"不是。"余声说。

"对不起。"

"没事。"赵铭说，"你还是快回去吧，这条街不太安全。"

在李琅琅走向门槛的时候，余声已经在手机上预约好了明天拍照的人选。

"约了几个？"赵铭问。

"十二个。"余声说，"有三个估计来不了，要另找几个。"

赵铭听完，默默打开了道具箱。

那里面大概是传了三代人的旧衣物，有的在过去也算是高档品的。二人把它们排开，有怀表、钢笔、骑马装，还有遮阳帽以及青绿色的旗袍等。

随着新移民越来越多，这些后民国时代的物品多半用不上了。但李琅琅特别要求，自己不仅需要有近二三十年的亲戚照片，还需要七十年前的。这让储物箱里的古董们终于再次见了天日。余声把它们一件件清洗，等着第二天派上用场。整顿齐全之后，指针已经走向凌晨一点钟了。

2

李琅琅是早晨六点才回到家的。

从白夜照相馆走出来,她先是去了酒吧。说是喝酒,其实就是掺了酒精的红茶饮料。但李琅琅是一点酒精也不能沾,大口吞下一杯半之后,已经快要趴下去。然而这天毕竟是个特别的日子,她挣扎着站起来,还给了酒保小费,就踉踉跄跄冲进了晚风里。

她摇摇晃晃的样子很像个小太妹,只是碍于一身紧身衣,动作幅度不敢太大。她把提包往肩膀上拉了拉,步子尝试走得稳健一点,甚至想要在路边拦一辆车。只是她手臂再努力伸直也只有这么短短一截。再努力耸肩,也只有一米五而已。她像是悬挂在街边的道具,身体埋没在路灯的背面,并跟着身旁那个长长的影子飘出了这条街。

酒吧一条街出去是更开阔的马路,李琅琅半截袖子被剩下的小半杯酒打湿,涤纶布料贴着手臂,痒痒的。她把袖子卷起来,可是又觉得冷。只是这一点凉意,倒让她稍微清醒了一点。她抖抖手,又抖抖手提包、钱夹,像是拂掉了一层灰土,紧皱的眉头舒展了一点,又再次拧成麻球。

接着,她就这样在一个打不到车的晚上放声大笑了起来。她感觉自己被丢到了一片阴影里。她站直了身体,迈着正步往家的方向走去。这大概是目前寻觅到的,唯一能让她走得稳妥的方式。她雄赳赳气昂昂地走回了家。绕过像摊煎饼一样横亘在驿城的无数条大路。如果不是全城不关路灯，巡视的警察长夜值班，李琅琅或许真的会在不久之后出现在社会新闻的滚动窗口上。但今天她还是幸运的。

  直走到天光泛白，走到这条路从空旷到渐生人烟，再到被上早班的市民挤炸。她像一条瑟缩的鱼穿过人与人的缝隙，冲向她的小屋。但她还是在过红绿灯的时候迟疑了一下。她的右手在口袋里摸了一会儿，才从那团卷着的卫生纸里扒出一张陈旧的一寸照。这照片中的人齐耳短发、厚刘海儿，看不出性别——这是过去的她。李琅琅把它拿起来，摆在红绿灯的方向看了几眼。接着，撕成了四份，丢进了身后的垃圾箱。接着，她插上新手机卡，编辑了一条短信：我们完了。然后她把手机卡丢掉，把手机格式化，又插了一张卡，发了一条微信：下个月见一面吧。最后，就像抛弃了生命中什么重要的东西一样，她的后背塌了下去。她大概是那一刻才真正酒醒的。在过马路的这短短几十米里疯狂呕吐。她想起昨夜并没有吃东西，只有那一点酒水进了胃里。它们翻江倒海、跋涉千里，把她最后那点记忆酸水给逼了出来。有电动车从她前面骑过去，骂了一句"他妈的"，便绝尘而去。李琅琅只是再次拍了拍口袋和挎包的夹层，看到除了几片细小纸屑，再没什么遗漏。她知道，自己是真的空无一物了。

3

余声在早上五点听到了短信提醒。她的诺基亚老人机就摆在床头,但除了一早一晚,毫无看的心情。赵铭的短信只有六个字:今晚回家吃饭。

余声知道,这句话意味着——赵铭此次拍照一切顺利。

进入人生第四个十年,余声感到时间在变慢。尤其这几年,要不是她和赵铭接着黑单,白夜照相馆早就停业了。头头们忙着建新城区,一栋栋高楼在驿城诞生,很多新房闲置,无人购买。有时候,余声只有在菜市场才觉得这座城市是拥挤的。其余时候,路上塞满了人,却和他们之间毫无关系,像很难交汇的点。如果不是照相馆多年积累的一点老主顾还愿意年年来这里拍全家福,余声或许早就忘了驿城别的人都在如何生活。就像别人也忘了她。唯一与之背离的,就是她和新移民的关系,这些崭新的面孔,正以疯狂的速度滋生在城市周围,并向市中心扩散。他们来到白夜照相馆的时候,要求更多,原因也有高有低,大部分不愿意透露。刚开始为了保险起见,余声还会打探他们的事由,后来连这道程序也省了。有些人拿了照片就兴高采烈地走了,有的人拿了照片之后还会时时打电话问余声,该如何在新朋友们面前伪装。

他们总是问得情深意切,丝毫没有索照时的冷静。而余声也平淡地回说:白夜照相馆只负责照相,至于这照片能不能反映事实,而这事实又能不能被人相信,不是她和赵铭能够决定的。

最初,余声每说完这番话总陷入愧疚,后来也逐渐不再这样。她冷静地把每一个顾客归档,在每一套照片中择取一张放在照相馆陈列。赵铭负责照相,余声负责做旧。时间久了,照相馆修复老照片的本事在驿城周围声名鹊起。

而他们二人值得信任的理由就是,永远不会把顾客的秘密说出去。日后不管顾客过得好,还是过得不好,都与二人没有关系。有人说,只要余声走在路上,总会有一些人自动与她保持距离。余声见过要去跳护城河的女青年,赵铭也看见过民政局前打起来的人,只是他们默契地选择不去揣测、询问。

只一眼,每个人都知道自己的地位。就像此刻,只一眼,余声就知道这条鱼不新鲜。不管是新死一小时,还是新死半小时,都瞒不过她。她用指甲弹了一下鱼尾,鱼儿软趴趴地沉了下去,在腥气弥漫的店铺,露出一只将死未死的眼。

4

李琅琅拿到照片的那个黄昏,刘一鸣已经在咖啡馆等她。驿城的咖啡馆没有名字,就像驿城的酒吧也没有名字。据说,最早之前,连照相馆也是没有名字的。还好驿城有无数条奇奇怪怪的街名,微信上发个位置,总还是能被找到。

那个晚上,刘一鸣就把自己所在的位置发给了李琅琅。

她收到的时候恰好晚霞逐渐散去。天空显出一片灰蒙蒙的蓝色。按照惯例,喝杯咖啡,他们会去吃饭。但这天有些特殊。李琅琅手里拿着照片,感觉自己全身变得紧张又轻盈起来。

走出地铁站的时候,她看见夜晚厚实的云层背后显出一条若隐若现的金色光圈。李琅琅想要把它拍下来发给刘一鸣,但他却在这时打来了电话。

"到哪儿了?"

"新街口刚出来呢,等着。"李琅琅不耐烦地挂断,迅速拍下了这片天象。

只是手机突然信号不好,照片怎么都发不出去。李琅琅想到自己可以到了再给刘一鸣看,可她执拗地想现在发。随即她又想到自己明明是要拍照给他看,为什么又要因为他的电话不耐烦。一连两个奇怪的逻辑让她放弃了再次发送的欲望。她关掉屏幕,塞进包里。想着今天多少有些不一样,她不该这样。而刘一鸣似乎也觉得有些异样,李琅琅要告诉他什么,他并不知道。就像他搓着手时,也考虑要不要告诉李琅琅些什么。这让他突然希望李琅琅像她说的那样是个彻底的路痴,但李琅琅很快就出现了。

她打扮得并不入时,似乎还有些土气。棒球服和灰白色球鞋怎么看都像是没有洗干净。尤其是那根黑色眼线,像个苍蝇一样拍在刘一鸣的视线中央。

"你和照片上不太一样。"他双手放在咖啡杯两端,右手右侧还有一袋薯条。李琅琅的视线在他两只手上滑来滑去,直看得刘一鸣把手藏在了桌下。

"你也和照片不太一样。"李琅琅说,"不过比视频上好看点。"

听她这么说,刘一鸣露出了大白牙。李琅琅盯着他下颌的一颗尖牙看下去,觉得上面如果沾上番茄酱会很滑稽。

"你也很漂亮。"刘一鸣局促又心虚地说,"我以为我们会有很多话可说。"

这句话说完刘一鸣就后悔了,他不该说这句话,犯了约会大忌。但李琅琅却置若罔闻,她只是把一沓照片放在餐桌上。

"你上次打电话说想看这个吧?"她粲然一笑,露出两只梨涡。

这些照片除了很旧之外,没什么特别的。最后的几张总有个奇怪的小女孩晃来晃去。还有几个老头子和中年人,看起来端正又别扭。还有个老气横秋的女人,穿着过时的旗袍,肚子上鼓起一团,不知道是怀孕了,还是肥胖。

"这是我小时候的全家福,上次你说要看的。"

刘一鸣点点头,李琅琅接着开口道:"你不是有什么要告诉我的吗?"

他这次放平了呼吸。确实是有这么一回事。但是什么呢,其实也不算什么事儿,就是他需要他们有一个真正的约会,至少看个电影,运气好还去公园散散步。他走了一会儿神,感觉李琅琅的目光再次扫过来。他有些紧张,但还是开口道:"我觉得你应该认真考虑一下我们的关系。"

"这有什么难的。"李琅琅笑道,"不过照片你看完了吗?"

"看完了,只是不明白为什么一定要给我看。"刘一鸣脱口而出,而李琅琅则尴尬起来。刘一鸣只是想了解她,也并没有说一定要看照片,可除了这个,她不知道还能跟刘一鸣说什么。

"我不是驿城人,难道你没有调查预备交往对象的习惯吗?"李琅琅说。

"没有。"刘一鸣老实地回答。其实他还咽下了半截话,他也是一个移民。只是在这当口,他却没有说出那句话。他心里觉得李琅琅该洞察一切,应该什么都知道,最好什么都知道。这种回避像一块遮阳板,他视线里的李琅琅不禁逗留在阴影里,只在脸颊处显出一层金色的光芒。他不知道是台灯的缘故,还是外面路灯的缘故,或许都有。他不讲话,李琅琅也故意不讲话,他们都像是在和沉默较劲,直到刘一鸣意识到他可以把电影票拿出来。

李琅琅看出那是最近一场电影院的主题联展票。电影都还不错。从这边过去要半个多小时路程。她盯着刘一鸣看了一眼,接着站起来,把最后一点咖啡喝完。

"我把过去都交给你了。"李琅琅说,像是自言自语一样。

刘一鸣有些尴尬:"其实你也不必这样,我们总是要慢慢发展的。"

"慢慢发展?"李琅琅跳起来,"我出生于台县宋镇大石庄二组,跟母姓,十八岁搬到驿城,父母亡故,亲戚都居外地。未婚无子,无不良嗜好,无遗传疾病。你还想知道什么?"

刘一鸣哑然,这个场景他完全没有预想过。

"我知道了。"他哆嗦道。

"那我们下个月三号结婚。"李琅琅说,"你的照片,我也要看。"

5

赵铭从暗房出来的时候,已经又是黄昏了。

照相馆空空荡荡,没有一个人,就像他刚来的时候那样。余声依然忘记带手机,不过通常那手机也只有赵铭一个人会打来,所以只要赵铭在城里呆着,手机带不带也没什么所谓。他们二人,在这城里没有亲戚没有朋友,在外地也没有亲戚,没有朋友。

余声的手机有些年头了。大概在驿城刚开始流行诺基亚的时候,她就买了。那时他们的师傅已经仙逝。师傅和如今这些客人一样没什么亲眷,倒是在驿城名望很高,来了不少人送葬,花圈摆满了整个厅堂。赵铭和余声赡养老师傅的事迹甚至还登上过《驿城晚报》。不过那期报纸太煽情,赵铭羞愧之余跑遍全城,看到有人卖这份报纸,马上就全买下来。他羞愧了很多年，始终没有娶妻。大概是因为没有家庭生活的浸淫，44岁的赵铭出没在驿城，仍然有种老男孩的气质，浓眉大眼，穿着卡其色布裤，或者浅蓝色牛仔裤。不管跋涉多久，都能保持裤脚的整洁，也算是很有本事。

他出去拍照的这阵子，余声又接了不少黑单。其中有几套要求拍孕妇的，让赵铭很是狐疑，这样的题材只能余声去处理了，看来下阵子看家的得是他本人了，他倒还很怀念这样的时光。

自从师傅死后，他们一向保持男主外女主内的作风。虽然二人没有成为夫妻的可能了，但多年工作下来，没有人比他们更了解彼此。余声不喜欢东奔西跑，留在这里帮忙修片、关照店里，没什么不好。何况随着新移民越来越多，统计客人的身份是一件麻烦事。如果赵铭在店里，他们会一起统计。只是这本记事簿，大部分还是统计了余声的黑单。

在五十二页的地方，赵铭看见她用红线标注了一个人。

这人叫刘一鸣，三十岁。要求拍摄一套三口之家，年代：1970。赵铭皱了皱眉，他很厌恶拍这个时代的东西，但是刘一鸣在要求背后留了一个高出他们市价多倍的数字，赵铭不能免俗地动心了。

上一次看到这么高的价位，是七年前。那时候有一个本家来寻师傅，却不知师傅已经去世，在店里鬼哭狼嚎一番后，说必须拍一套关于师傅的照片。事后赵铭问余声这人是师傅什么亲戚，余声只说别问了，让赵铭一阵窘迫。直到现在他都记得余声仿佛写着"不可说"的眼睛。就像是这些年来打听客人身份和去向的异乡人,他们多露出急匆匆的表情,渴望知道关注人的一切,却在涉及自身隐私的时候讳莫如深。赵铭很讨厌这样的人,想知道一切,还不坦诚。只是他内心厌恶,外表仍温文尔雅,不像余声言辞尖锐地把他们一一轰走。后来,也有人出于气愤往照相馆门前送菊花,或者泼墨,甚至用卫生纸在半夜把照相馆门前搞得像灵堂一角。然,再气愤,赵铭也知道这些人断然不会使什么大招了。毕竟谁都有秘密,白夜照相馆掌握着全城所有新移民的秘密,要是比的话,谁都比不过他们。

想了这番往事,赵铭大笔一挥,把刘一鸣这一页又标了一遍红。

6

余声前脚踏出去买菜的时候,看见照相馆门前蹲着一个颓唐的男人。

这人脚下的皮鞋磨得很破了,衣服袖子都扯破了。白衬衣领口染了很多汗渍,此刻被他无所顾忌地往后背掀开一角,余声嗅到了一阵汗味,不禁皱起眉。

她锁好门回过头,男人则已经面朝她站着。

余声吃了一吓。男人的正脸还是很有轮廓的,就是两只眼睛非常细小,像是两条缝隙。鼻子倒是高挺得厉害。

"你是给李挪照相的那个人?"

"李挪?"余声眉头皱得更厉害了,她想要绕过去不理这个男人。

但男人显然不这么觉得。他突然坐下,甚至把着余声的菜篮子说:"讲不清楚你也甭想走了。"

"你谁啊?"余声说,"你找谁?"

"我找李挪,也就是李琅琅,我要知道她到底把自己的档案改成什么样了。"

"你要想知道,就去找她,我们照相馆不留底,何况这照片也谈不上正规用途,大家拍着玩玩。驿城说大也不大,你要找她总是能找到的。"

说完这一通,余声觉得自己可以走了,但男人显然不这么想。

"我说完就走,她不见我,你知道多少就告诉我多少吧,反正我知道这地方,你们夫妻俩儿干的事儿也不是没人知道。"

"我们不是夫妻。"余声冷冷地说。

7

收拾停当之后,赵铭见余声还没有回来,便把前面几天的碗筷洗干净,开始在家里喝茶。电话突然就来了,赵铭听了一句就披上外套赶去医院。

驿城的每条街都有个医院，就像驿城的每条街都有个超市一样。赵铭时常不明白，这样狭长的一条街是如何容纳这么多生活职能机构的。很多人说，在驿城住着，只要上班的地方不太远，根本不需要走远路。这里的每条街都有服装店、商店、菜市场……甚至殡仪馆。有的老人说，自己一生都没有走出过驿城的某条街，其实是可以理解的。这些街道成功把驿城划分为一个个小社会，像摊煎饼一样在全城横行，倒是有点拉帮结派的意味。

余声就被送到街头那家医院。胳膊被缝了七八针，这会儿已经在输液，并无大碍。赵铭可以想见邻居们的议论纷纷，不过目前也顾不了这么多了。

看着余声的盐水瓶，赵铭只觉得一阵恍惚。大概是这些年太风平浪静，驿城人也心知肚明，谁都不会找他俩麻烦。"重新开始"这么诱人的情节,对很多人而言,都具备足够的吸引力。只是李琅琅这桩案子，也因为她没有把自己的事情交待清楚，甚至婚礼的时候还给照相馆发了请柬，让赵铭大为光火。此时余声闭着眼，彻底让他断了追问的欲望。多年来，他们就是这样，彼此断了追问对方的欲望，所以才能活得这么相安无事吧。想到这里，赵铭莫名觉得有些难受，随着胃里中午吃的油腻食物，一阵阵翻江倒海，再结合郁闷的心情，他不禁低头对着纸篓呕吐起来。

过了一会儿，赵铭抬起头，看见余声床榻边的柜子上放着一张一寸照。有人把它撕成了四份，但能看出又把它们拼在了一起。四小等份歪歪斜斜在桌上拼成一张照片。偶尔有人开门,来一阵凉风,把它们吹得熠熠生辉。他觉得,李琅琅一定是来过了。

8

余声在黄昏来临之前执意出院,不过约定了每天下午来医院输液。

将近24个小时,她在半梦半醒间不断想起男人的脸。她记得,是要带他拿李琅琅的一寸照片——那是客人作为照相馆归档用的。余声破了例,男人也没有客气,把那照片端详了很久。他个子很高,在女人堆里不算矮的余声站在他面前都像是一条中型板凳。只是余声一个未留意,男人竟然已经给了她一刀。

"你能跟我出来,肯定也想知道点她的事儿。"男人说,"她不想嫁我,可我就是要娶她,她已经是我的人,有案底在我手里,说出去不好听。可我也不想伤她,只能咬一下你了。多担待。"男人说得冷静,仿佛有十足把握余声会私了,他也没有想错。

余声想起,当年来到照相馆的那个黄昏,如果不是师傅最终决定留下她,她或许能把这里的照片偷了去卖钱,甚至敲诈勒索。只不过,她还没这样做,师傅就察觉了一切。

好人难做。师傅当时说了这四个字。余声记得很清楚,她相信赵铭也记得。她对仇恨的细节总是记忆犹新,但对恩情也没齿难忘。只是回忆到此也戛然而止了,也或许是她不愿再多想。赵铭今天没有来接她是有原因的。因为刘一鸣那套照片,要得很急。

刘一鸣个子不高,按照俗常的说法,是个很猥琐的男人。

没有秃顶,也穿得干净利落,甚至服装的配色和材质也够讲究。但是为什么他还猥琐呢?赵铭这样问余声的时候,她沉吟了一下回答——

"他不坦荡。"

余声这样说并不是没有道理。刘一鸣虽然穿得干净利落,但一副领带扎着,加之上半身穿了衬衣和紧身外套,整个人显得更慌乱。就像从乱颤的珊瑚里,蹦出了一条非要站直的鱼。

"她另外那个男人呢?"赵铭抬眼。

"那是个很奇怪的人。"

9

每年六月一号,照相馆都会免费给到店的前十个小朋友拍照,也是一种宣传。如果在往常,很少有小朋友会来。更多时候,家长们更愿意把白夜照相馆描绘成一个魔窟,作为让小朋友听话的手段。

只是今年不同,整个下午,来了十几个,还有对双胞胎。

双胞胎的母亲不像本地人,穿着挺时髦但是不够合身的外套，说话的时候双唇一闭一开，像是闸门，戴着深蓝色的美瞳，下巴有些长，像是塞了假体。赵铭愣愣地看着她，感觉她的五官整个像是打了激素的玩物。

妇人看着他，仿佛也咬定他不会做出什么严厉的事情。开始挑剔照片的风格、背景的要求，甚至还要赵铭修成复古效果。赵铭心里紧张了一下，虽然在他的头脑里，这并不是第一个这样开玩笑的客人，但这是白天，照相馆不允许这样的事情发生。他沉下脸，不说话。妇人也知道自己失言了，只是看着他，眼睛睁得很大，赵铭低头摆弄摄像器材。另外几个小孩和小孩妈妈看气氛不对，纷纷离开了照相馆。

这寂静只持续了几秒，妇人坐在沙发上，自顾自倒了杯茶。双胞胎男孩也像是约好了一般，乖乖地去门口玩耍，不打扰母亲和赵铭的对话。

"刘一鸣您认识吗？"妇人突然说。

赵铭立在原地不说话。

"刘一鸣——就是我老公刘一鹤，在这里照过相。"妇人开口道，"您知道的，是那种照片。我就想知道，你们这里能不能给我照那种？"

"您是驿城人吗？"赵铭问。

"不是。"妇人说，"有什么关系？"

"那我们不照。"赵铭冷冷地说，"如果您不是移民，就请回去吧。而且这个时间，不是我们接待客人的时间。"

"哈。"妇人笑道，"原来你们要求还这么多呢。你们伪造我老公照片，冒充未婚，你们这些缺德……"

啪。

伴随着笨重的脚步声，赵铭看见余声已经把一根长萝卜甩在了女人脸上。

"刘一鸣已经和您分居多年了，是您一直不肯离婚。"余声说，"该滚请滚。你要骂街我奉陪。"

妇人怔了一下。

"你们会遭报应的。"她边说着，边想张嘴骂人，又看着孩子觉得不好开口。余声转过头冲他们仨微笑，他们就都跑开了。

打发走母子们后，余声沉沉地说："不然我们不干了？"

"那吃什么？"赵铭说。

"总还是能维持下去啊，那些老主顾，不至于太绝情吧。"

"我们来这里，难道真的是继承这点'家产'的吗？"赵铭说，"何况这是我们的家吗？"

赵铭又说："我们拍与不拍，那些人就不会被抛弃吗？"

这句话说得余声心颤。她低下头，盯着自己上衣的一颗纽扣看得出神。这么多移民，他们乘着车或飞机来，也不是不能去别的地方，却偏偏选择了这里。很多事她在回避，不愿想起，也许都不是错。就像他们重塑的这件事，这些崭新的"历史"、光鲜的人，出了这扇门不会再回头看的人。他们能做的也就这样了。识破或者被罚，根本不是他们关注的焦点。

一栋栋新的大楼仍在他们面前拔地而起，他们就算洗手不干,也会有另外一些人这么做。为了守住这个行业的一些尊严,赵铭和余声居然陡生诡异的理想情怀。

10

六月过后,白夜照相馆只在下午才会开了。

随着三栋大楼起建,又有新的人来到移民办,他们有的是不远处的湖民,有的是大坝移民,还有的,是准备久居的外来务工者。他们即将入住驿城之前,多会不约而同来白夜照相馆。以前大家在深夜,现在干脆下午就开始。趁着黄昏半遮掩的余晖,显得比过去诚恳,又仿佛一切都没有发生。

余声把记录簿端端正正摆好,赵铭套上工作时穿的白褂子。

他的白褂子有一道蓝色条纹,余声的则是红色条纹。他们坐在一起的时候,就像是穿了不合身的情侣装的两个中年人。最初提出这一点的是个移民小伙子。他头发微鬈,鼻头很圆,说起话来有股南方口音。二人只得尴尬地笑笑,再次解释不是夫妻。

他们把每个人的信息记录好,发现任务量足可以排到年底。有几个看起来比较复杂的项目,或许得拖到春节后才能完成。但是外面浩浩荡荡的移民大军其实并没有消停。

因为长期不出门,余声并不了解外面已经堵车到什么严重的境地。有些开车来的新移民被堵在高架上,而高架之下,是不远处的大坝修好后,缓缓流动的人造湖水。整个城市结构完整,再也不是他们刚来时候的样子。这真让人哀伤——世界变大了,面积却没有大,新街在建,旧路重修,也和赵铭与余声做的没什么两样。

黑压压扑过来的人们,有的并不知道:在驿城,每个人心照不宣地创造历史,甚至他们的新伙伴也是这样。那些被他们隔绝在故乡的亲人,也会以照片的形式,重新复活在他们的"记忆"中,不管那面庞多么不一样,至少他们也做了努力,让这些面庞都有个共同的名字——亲人。

只是这些荡气回肠的感情,并不能治愈余声和赵铭此时繁琐而让人厌倦的生活。

余声把记事簿最后一个空格填满。接着,和赵铭把这些记事簿都收藏好,就像在保护自己的过去一样。但关上门的那一瞬间,赵铭听到了一个奇怪的声音。在新移民纷纷抵达的时代,这样奇怪的声音每天都在上演。只是今天多有不同。很久没开上街的洒水车在夜色里浇灌干渴的街道,尘土张开嘴,凉水浇在地下,仿佛把路面都铺宽了,衬得这声音摄人心魄。

那是一个女人发出的一长串大笑。她只有一米五,娃娃脸。她最初只笑了一声,接着又笑了第二声,等到笑罢第三声,仿佛堤坝泄洪般,无休止地笑了下去。声浪一波赶着一波,逐渐连成一片。似山丘,绵延不绝,很快就把她自己越了过去。

接着,两个男人吆喝着在后面追赶来,一个魁梧、鼻梁很高,一个像被陷害的老实人,丧气、爱面子。

路灯把他们的影子拉得很长,一条影子套上另一条影子,很快就把整条街团团围住。他俩看着他们在不远处撕扯,一动不动。余声头低得很深,臂弯似乎能把她的头颅淹没进去。她的下半身似海洋,身体在里面游动。每个人又何尝不是自己的寡妇。

"你爱我吗?"她突然像回到少女时期,"如果我们不干那件事,或者离开这儿,我们会结婚吗?"

"已经都过去了,现在这样,不也很好吗?"赵铭说。

"不好。"她眼睛闪烁,白天强硬的派头此刻全部干瘪。

"你知道的。"他温柔起来,"我们都一样,不到玩不下去的那一天,谁也不会离开这儿。"

11

赵铭是在出发去外地拍照的上午看到了那桩街头案。它长在报纸的缝隙里,和旁边的讣告、凶杀没有关联,但放在一起看,仿佛是同一个故事。

赵铭一上车,就有人把早报塞给他。他的习惯是寻找上面的招聘和相亲消息。因为这些字句充满着条件。关心这座城市的条件,就是关心它的审美,让赵铭觉得自己永远和这座城市的节奏同步。

此刻,他把报纸摊在自己的腿上,盯着那则案子。

那是当街暴毙的三人,死亡原因不详,除了其中一个长相奇怪的,另外两个都是新移民,报道上还印出这两人的名字,分别是:李挪、刘一鹤。

刘的表情怯懦,马赛克挡住了他的眼。这样的男人在驿城时常死去,大概是因为他们太平庸,而城市需要新鲜血液,优胜劣汰,所以必须去死。中间那个死去的外地人,没有人说他叫什么。作为一个眼睛细长、高大魁梧的男人,放在哪里都容易被记住,因而索性也没有人遮住他的眼睛,倒是那条伟岸得像东非大裂谷的鼻子被打了马赛克,看起来触目惊心。

他们费尽心机想隐藏的,终究还是在死时被掀开。

而这条报道背面的夹缝,是轰动全市的火灾报道,涉及一整条街。

那条街长得能把驿城拦腰斩开。赵铭一旦去外地取景,还会考虑去那里喝碗咸豆腐脑。他最喜欢黄花菜和木耳,但是今天他没喝到,因为昨晚有火灾。

那个晚上,所有人都睡得死死的。火红色像从天边坠落,从地上扑腾乍起,而那一条街的人,很多都在睡梦中再也没能醒来。

赵铭想着,把报纸折成了四方形,接着撕成了四等份,放进了面前的纸篓。

汽车启动的时候,纸篓颠簸了一下。有几支急支糖浆的空瓶子在里面摇摇晃晃,像几颗坚硬的炸弹。

他对即将去的地方有期待，就像他最初来到驿城时一样。他也曾是白夜照相馆最初一批顾客。他想拍一套照片，甚至还想留在这里学这门手艺。可师傅说，必须告诉他一切，他才能留下来。当然他说了，只是并非全部的真相。那时候想要失踪比现在容易。于是他也便失踪成了赵铭。就像余声失踪成了余声。多年之后，他们也让师傅失踪了。他们接手了这里，却无法原谅对方的邪恶，最终还是不能在一起，想想真是讽刺。

有时候，因为长久的隐瞒，他已经忘记了自己是怎么过来的，曾经经历过什么想要忘记的事。只是这也不重要，他现在走在这里，就是最大的事实。

而车后那条长如十几条鲸鱼体魄的、火灾过后的街道，要去往哪里，在哪里结束，也跟他毫无关系。赵铭想起来，那条街其实不是喝咸豆腐脑的那条街，而是白夜照相馆所在的那条街。他想起来这里每条街都是一样的，市内铁路偶尔会穿过这样的街道，有时候还会出现和货车的相撞事件。

每条街都相似，他张冠李戴也不是一天两天了。余声也是这样。他们在迟钝的事物方面常常一致——除了昨天晚上，赵铭发现屋内起火，想要推醒她，却发现她的床上已空无一人。他早该料到了。

只是现在，这些都和赵铭没有关系了。新的故乡向他展开，不管是什么样的大陆，至少此刻看来是新的，就还不错。他清楚，余声必然也是这样想的。

王苏辛,1991年生于河南汝南,现居上海,2009年开始发表中短篇小说。曾获第七届"西湖·新锐文学奖"、第三届紫金·人民文学之星短篇小说佳作奖、首届燧石文学奖短篇小说奖。出版有小说集《白夜照相馆》,长篇小说《他们不是虹城人》,最新小说集《在平原》。